D1677889

Traude Bührmann, *Cocktailstunde*

Traude Bührmann
Cocktailstunde

Novelle

konkursbuch
Verlag Claudia Gehrke

Poème

Charlott greift zu ihrem Lieblingsparfum. Poème. Verliert sich im Duft einer verflossenen Schwärmerei oder war es Liebe, die untrennbar mit diesem Geruch verbunden ist? Jeder Tag ein Gedicht, einen Sommer lang. *Es war, als hätt' der Himmel die Erde still geküsst.* Am Meer. Im Meer, gegrillte Sardinen am Strand, kreischende Möwen, Sonnenbrand, die Haut spielte eine Hauptrolle Tag und Nacht. Ehe sie sich versahen, standen ihre Züge in entgegengesetzte Richtungen abfahrbereit. Merci, in dieses Wort legten sie ihre ganze Gegenwart für die andere. Von Zukunft konnte keine Rede sein.

Letzter Aufruf nach Zürich. Bitte begeben Sie sich umgehend zum Ausgang 8. Please proceed to boarding gate 8 immediately.
»Anders überlegt? Willst du die Reise nicht mehr machen?«, wird Charlott aus dem zu kurzen Sommer gerissen.
»Nein, ich meine ja, ich komme schon.«
Dem Duft nachhängend weiß sie: Was verflossen ist, ist verflossen.
»Dein Stock«, bemerkt Judit nach ein paar Schritten.

Der Stock, ohne den sich Charlott seit Jahren nicht fortbewegt, lehnt noch am Parfumregal.

Bei der Sicherheitskontrolle wollte man ihr den Stock abnehmen. Charlott wies auf ihre Gehbeschwerden hin. »Dann holen wir Ihnen einen Rollstuhl.«

Genau das will sie vermeiden: Im Rollstuhl enden. Ein Gedanke, bei dem ihr sich schlechtes Gewissen einschleicht. Schließlich war ihre beste Schulfreundin den größten Teil ihres Lebens an den Rollstuhl gefesselt. Ein Autounfall an ihrem fünfzehnten Geburtstag. Sie saß im Fonds bei dem leichten Aufprall, war besorgt um ihr neues Kleid, als sie aus dem Wagen gezogen wurde. Laufen konnte sie fortan nur noch im Traum. Ihr fünfzigster Geburtstag war der letzte, den sie feierte, ganz groß.

Eine Bodenstewardess kam Charlott zur Hilfe, verhandelte mit dem Sicherheitsbeamten: im Flugzeug würde der Reisenden der Stock abgenommen. Und leise zu Charlott gewandt: »Jeder Flughafen hat seine eigenen Vorschriften.«

über den Wolken

Charlott hat es gut getroffen mit ihrem Platz am Notausstieg, das heißt, sie hat beim Check-in wortreich darauf bestanden, regelrecht darum gekämpft, mit Hinweis auf ihre demolierte Gesundheit. Diese Reihe sei breiter als die anderen, sie könne ihre schmerzenden Beine besser ausstrecken.

Noch dazu der Fensterplatz, erst in, dann über den Wolken, umgeben von Freundinnen, die sie zu dieser Reise eingeladen hat. Eine Reise, die sie mal ihre Geburtstagsreise, mal hinein ins Abenteuer nennt. Neben ihr Simone, ihre langjährige Lebensgefährtin, hinter ihr Kim, die seit einem Jahr maßgeblich an ihrem Leben beteiligt ist. Vor ihr Judit, mit der sie die Liebe zur Musik verbindet. Der Platz daneben, für Josefine gedacht, ist leer.

Umgeben von Vertrauten und vom Himmel, so hat sich Charlott diese Reise vorgestellt. Sie kann sich in alle Richtungen fallen lassen, muss kein Geruckel am Vordersitz ertragen, keinen dickleibigen Passagier neben sich, keine schrille Stimme hinter ihrem Kopf. Plastikfenster und die leichte Aluminiumwand bewahren sie vorm Erfrieren im unterkühlten Himmel.

Entspannt an das Rückpolster gelehnt, wartet sie auf die Sekunde, in der die Maschine abhebt. Ganz bei sich im Körper sein, um diesen ach so flüchtigen Moment auszukosten. Aufheulen der Triebwerkdüsen, rasender Anlauf über das Rollfeld und schon luftgeboren, ein beglückendes Phänomen, im internationalen Flugge-schehen *airborn* genannt. Gereimt knüpft sie an diese Verdichtung an:

Manchmal wird ein Technikvorgang spirituell / beim Klang der Beschreibung sofort und schnell / airborn *– dieses Wort / trägt mich weit weit fort/ zu einem wahrhaft poetischen Quell.*

Die sie bergende und geschwind durchflogene Kumu-luswelt setzt ihre Gedanken frei. Bevor sie sich jedoch in die gern besungene Freiheit über den Wolken, ins Grenzenlose vertiefen kann, lösen sich die zum Sprung verlockenden Wolkenformationen auf, Felder, Wiesen, Waldstücke breiten sich aus. Ein Fluss, nein, eine Stra-ße, Windschutzscheiben blitzen auf. »Sonne einfangen« hieß das Spiel und »blind blitzen«, Spiegel in Kinderhän-den, für jeden Spaß war sie zu haben. Spiegel gehörten später in all ihre Taschen, sich selbst zu begutachten, aber auch für den Fall eines Falles, Signale senden zu können, wenn sie sich einmal verirren sollte oder wenn Gefahr drohte. Ob es die Straße ist, die einst eine En-tenfamilie blockierte? Da! Jetzt der Fluss, unverkennbar, an ihm radelte sie mit Simone entlang im Gegenwind, herausfordernder als jedes Bergauf, und der versproche-ne Rückenwind für die Rückfahrt drehte sich schließlich mit ihnen auf dem Deich.

Aha-Erlebnisse fädeln sich auf zu einer Gedankenkette rund um den alljährlichen Kulturfrühling in dieser Regi-on: Chorkonzerte, Klettern gegen Castor, Zirkuspferde, Poesie der Stiefelschritte, Kreativ-Ateliers unter freiem

Himmel, Wunderkammern kleiner und geschlossener Welten, rauschende uralte Eichen, Kunst abgleitender Gedanken. Ihre eigene lautmalerische Performance: Ein Reinfall. Kaum jemand kam. Lag es am Wetter, an mangelhafter Ankündigung – am Fußballendspiel, versicherten die Veranstalter – oder einfach daran, dass alles andere bunter war?

Der Ausblick auf die Erde rückt ihr unerbittlich Situationen auf den Leib, die sie vergessen glaubte, an die sie nicht erinnert werden möchte. Mit jeder Faser ihres Leibes, mit jedem Gedankensplitter will sie sich dem Hier und Jetzt, dem Flüchtigen und Blauen widmen, den Gefühlen, die den Transit zu ihrem bevorstehenden Geburtstag begleiten. Hatte sie das Abgleiten ihrer Karriere nicht längst ad acta gelegt?

Sie zieht die Verdunklung vors Fenster. Das Licht ist so widerwärtig grell. Trotz der Sonnenbrille, die ihr halbes Gesicht bedeckt, ein Relikt aus lebenslustigeren Zeiten. Wann? Sie hat aufgehört die Jahre zu zählen, rechnet zurück in Dekaden. War es vor drei oder vier Jahrzehnten? Aufbruchzeiten, euphorische Revolten mit der Gewissheit: Wir verändern die Welt! Die Welt gehört uns. *Freedom is just another word for nothing left to lose … You can get it if you really want …*

»Weißt du noch …?«

Nein, sie mag Simone nicht darauf ansprechen. Sie hatten sich erst nach dieser turbulenten, dieser anregenden, dieser weltbewegenden Epoche kennengelernt und Charlott möchte nicht in den Dunstkreis eines Kriegsveteranen geraten. Außerdem ist Simone in ihre Zeitung vertieft, wie jeden Morgen. Oder gibt sie sich nur den Anschein der Alltäglichkeit? Nicht mal das mittlere Sudoko bekommt sie auf die Reihe, radiert, verbessert, radiert, starrt Löcher in die Luft, versinkt darin.

Könnte sie ihr doch Sonnenstrahlen in den Abgrund schicken! Technisch kein Problem, in Norwegen wurde gerade mit riesigen Spiegeln Sonnenlicht in ein von Bergen eingeschlossenes Dorf geleitet. Mit Sonnenbrillen ausgerüstet warteten die Menschen auf die ersten Strahlen. Eine hundert Jahre alte Idee wurde Wirklichkeit. Eine solch aufhellende Wirklichkeit aber im selben Flugzeug zu ihrem Nebensitz zu leiten, scheint Charlott aussichtslos. Selbst wenn sie die Verdunklung wieder hochzöge und ihren Spiegel hervorholte.

Fasten your seatbelt, der Hinweis ist erloschen.

Dissonanzen

Charlott lässt den Gurt angeschnallt. Das Flugzeug könnte plötzlich in ein Luftloch fallen und ihr Kopf an die Kabinendecke knallen. Den braucht sie noch für klare Gedanken. Hätte sie ihren Fahrradhelm dabei, wäre die Situation anders.

»Hühnersandwich oder Käse?«
»Gerne Huhn, danke.«
«Für mich bitte auch.
»The chickens used on this bread are raised and produced with respect for animal welfare«, liest Simone leise den Verpackungshinweis vor.
»Das ist doch was!«
Gespannt auf den Geschmack des respektvoll großgezogenen und verarbeiteten Huhns, hat Charlott Mühe, das zusammengeschweißte Zellophanpapier aufzureißen. Sie schafft es mit Simones spitzem Sudukobleistift. Missmutig beißt sie in das wabbelige Weißbrot. Das hat das einst in Würde lebende Huhn nicht verdient. Respektlos, es in soch eine Umgebung zu betten.
»Krankenhausessen«, mäkelt sie. Deftigeres wäre ihr lieber angesichts des anstrengenden Tages, der vor ihr liegt.

Simone lenkt ein:

»Wir gehen später richtig essen, Bündner Fleisch oder Käse-Fondue, was die Schweizer Küche so bietet.«

»Käse-Fondue ohne mich, verklebt nur den Magen, übrigens sollen alle Milchprodukte Brustkrebs erzeugen.«

»Hast du es überhaupt jemals gegessen?«

»Nein.«

»Dann hast du in dieser Hinsicht nichts zu befürchten.«

»Und in anderer?«

Simone zuckt mit den Achseln.

»Lass dir doch was einfallen! Erfinde. Einen Gag oder Unsinniges, irgendwas, nur nicht so was Resigniertes. Einfach trostlos.«

»Mir ist nicht nach Witzen zumute. Es spielt auch keine Rolle mehr, was dich krank machen könnte.«

»Mach bitte nicht so ein Gesicht.«

Simone schluckt. Sie möchte jetzt keine Meinungsverschiedenheit ausfechten, um Todesart oder Todeszeitpunkt streiten, schon gar nicht um die Tonlage: »Der Ton macht die Musik.«

Sie weiß, Charlott besteht auf ihrem Ton: »Genau, die Dissonanzen bringen die Melodie zum Klingen.«

Irgendwann hatten sie einen Vertrag geschlossen: Die andere so sein zu lassen, wie sie ist, und die tonangebenden Unterschiede als Reichtum zu betrachten.

Im Reichtum der Vielfältigkeiten kennen sie genau ihre jeweiligen Vorlieben im täglichen Leben, Aufstehen, Ansprechzeiten, Launen, Rhythmen. Sie sind auf einander eingespielt, teilen ihre Liebe für Katzen und Hunde, für ein ausgiebiges üppiges Frühstück zu welcher Tageszeit auch immer. Sie teilen ihre Liebe fürs Landleben, für die *her*storischen Belange, für kitschige Coming-out-Filme. Sie teilen ihre Wärme für einander.

Charlott kann so wahnsinnig genießen. So hingebungsvoll schlemmen, so maßlos reden. Über ihren Kopf hinausdenken. Und wenn dann finstere Wolken ihre Stirn verdüstern, ist Simone bemüht, sie fortzublasen. Immer etwas traurig, wenn es ihr nicht gelingt, immer etwas bedrückt, nicht auf Augenhöhe mit ihr hinausdenken zu können. Auf dieser Reise schon gar nicht.

sprechende Hände

Die herausforderndste Reise ihres Lebens. Dabei ist Simone in ihrer archäologischen Laufbahn unter äußerst riskanten, ja waghalsigen Bedingungen an entlegenste Orte gereist, hat so manche als weiß bezeichnete Flecken auf der Erde erkundet. Welche Aufregung, in ferne Geschichten einzutauchen, und welche Freude, nach oft zermürbender Routinearbeit Gesuchtes und Überraschendes zu entdecken, Rätseln auf die Spur zu kommen. Doch das Ziel dieser Reise stellt jeden weißen Landkartenfleck in den Schatten.

Die weiße Serviette am kaum angerührten Essen gibt eine aufgedruckte Anleitung, wie aus dem Papier eine Rose gedreht werden kann: »So einfach verschenken Sie ein Lächeln. Und so einfach bewahren Sie Ihres.« Simone beginnt, die für eine Zahnzusatzversicherung werbende Serviette zu drehen.

So manches Fundstück hatte sie an den Ausgrabungsstellen gedreht und gewendet, Zeichen seiner Zugehörigkeit gesucht. Beim Deuten und Registrieren der Hieroglyphen und Scherben ordnete sie zu, fügte zusammen. Darüberhinaus entwarf sie, meist nachts, mögliche

Hintergründe ihrer eigenen Sicht, nannte die Ergebnisse schlicht Nachzeichnungen, nummerierte und sammelte sie in ihrer persönlichen Mappe »Enigma«. Sie liebte die Stille dieser Nächte, brachte ans Tageslicht, was nur sie ans Tageslicht bringen konnte. Kollegen witzelten, sagten ihr Autismus und sprechende Hände nach. Eine anatolische Kollegin ergriff das Wort: »Was kümmert es den Mond, wenn die Hunde ihn anbellen?«

Nach einem Unfall und des Reisens müde geworden, nahm Simone später die Leitung eines Museumsarchivs an. Jede freie Minute widmete sie weiterhin ihren Zeichnungen. Ihre erste Ausbildung zur technischen Zeichnerin kam ihr bei der Genauigkeit zugute, auch ohne Millimeterpapier, über das Papierformat hinaus.

Wenn sie, spezialisiert auf den vorderen Orient, Nachrichten hört, wähnt sie sich in einem Elfenbeinturm. Eine schatzsuchende Schreibtischtäterin, eine Außerirdische. Welch ein Luxus, sich jenseits der ewig andauernden Kriege im Namen des Kreuzes, Allahs oder einer zwielichtigen Humanität zu bewegen. Sie entflieht diesem Turm, wenn sie in Gedanken durch die Amazonenreiche streift, die im heutigen Anatolien, Irak, in Palästina und Syrien lagen. Sie ist froh, diese Regionen bereist und erforscht zu haben, als es noch möglich war, den Fuß auf tausende Jahre alte Trümmer zu setzen, in freigelegte unterirdische Kammern zu steigen, Lapislazulisplitter zu entstauben, Rätselhaftes mit bloßen Händen zu berühren.

»Die Welt ist so geschrumpft«, entfährt es ihr oft, »trotz Billigflügen rund um die Welt, trotz virtueller Zugänglichkeit in jedem Moment, trotz Buchungsmöglichkeiten zur Schwerelosigkeit im All.«

Die stillen Nächte ihrer »steinreichen Ruinenzeit unter freiem Himmel« konnte sie zum Glück an ihren neonbeleuchteten Arbeitsplatz hinüberretten. Zufrieden richtete sie sich darin ein. Plötzlich, eines Tages stand Charlott vor ihr, suchte die Bedeutung der »Dame mit den Raubkatzen« aus dem anatolischen Çatal Höyük. Reste aus neolithischen Zeiten, die unleugbar von einer matriarchalen, eher pazifistisch gesinnten Gesellschaft zeugen, unter der Oberhoheit der Großen Göttin. War die noch erhaltene Darstellung der »Dame mit den Raubkatzen« ihr Sinnbild, bevor die Götterdämmerung begann?

Neben den Katalogdefinitionen war Charlott besonders interessiert an Simones persönlichen Interpretationen, neugierig auf ihre Ansichten zu den Rätseln der fernen Vergangenheit. Simone redete so viel wie sonst in einem ganzen Jahr nicht, gab auch Ungereimtes ihrer Arbeit preis, holte sogar einige ihrer gehüteten Nachzeichnungen hervor. Die lebhaften, dann wieder verhaltenen Bewegungen ihrer Hände erregten Charlotts Aufmerksamkeit: Hände voller einmaliger Finger.

Geliebkost entdeckten diese Hände bald ein ungeahntes Farbenspektrum. Ihre Zeichnungen wurden zu einem Kaleidoskop, das das Leben mit Charlott widerspiegelte, egal wo sie sich in der Welt aufhielten, zu gut bezahlten Vorträgen und Performances unterwegs, auf privaten Entdeckungsreisen oder an erholsamen Stränden.

Arbeit und Vergnügen waren eins, ob in Çatal Höyük, in der Mailänder Skala, im Pergamom Museum, in der Nordseepension gleich hinter Deich oder in ihrem neu erworbenen Landhaus, dem Paradies, wo sich ihre Zeit verlor.

•

Trauertriptychon

»Nicht nur die Welt, auch die Zeit ist geschrumpft«, hängt Simone ihr zwischen den lückenhaften Sudokoreihen nach.

Die Jahre, beinahe zwei Jahrzehnte zogen sich zu Tagen zusammen, mehr und mehr zu den Tagen, an denen die dunklen Wolken Charlotts Stirn verdüsterten, zu den Tagen, an denen sie ihr Lebensende beschwor: »Wir können die Schwerelosigkeit auch ohne Raumschiff erreichen«.

Die Farben schwanden allmählich wieder aus Simones Zeichnungen. Sie griff wie früher zur Kohle, ihr Strich wurde knapper, mündete schließlich in einem Kreis, einem Fragezeichen, einem Punkt: »Mein Trauertriptychon.«

Charlott schob es ihr zurück:

»Es gibt nichts zu trauern.

»Doch. Gerade jetzt, wo wir noch ...«, lag es Simone auf der Zunge.

Mehrfach schon hatte sie diesen Satz begonnen und wieder abgebrochen. An Charlotts Standpunkt war nicht mehr zu rütteln:

»Irgendwann müssen wir uns trennen, du willst mich ja nicht begleiten, also geht jede den Schritt für sich, allein. Warum darauf warten, wenn für mich der Zeitpunkt jetzt gekommen ist?«

Was sollte sie darauf antworten? Dass bald ihr Rentendasein beginnt, mit aller Zeit der Welt? Charlott wusste das, würde wahrscheinlich gereizt reagieren, ihr Erpressung vorwerfen, zumindest blickweise.

Dennoch schwelte in dem unvollendeten Satz »jetzt, wo wir noch …« ein Hoffnungsschimmer, dass –. Trotz besseren Wissens glüht er immer wieder auf, wird bis zum letzten Augenblick, womöglich in ihren Träumen, weiterleben.

Gleichzeitig wünscht sich Simone, dass das Theater endlich aufhört. Sie hat sich leer geweint. Immer wieder hatte Charlott versucht, sie für diese Reise zu gewinnen. Die Abstände zwischen ihren Überredungskünsten wurden über die Jahre hinweg kürzer. Sie wollte dieses einmalige Erlebnis mit ihr, »ihrer vertrautesten Vertrauten teilen, als besonderes Ereignis gestalten«.

Bei allen überzeugenden Argumenten für das Besondere, für Schwerelosigkeit und Einmaligkeit des Ereignisses, stand dieser Schritt für Simone außerhalb jeder Debatte: »Indiskutabel«. Die zur Obsession gewordene Idee Charlotts verstörte sie in einem nie gekannten Maße, stellte ihr gesamtes Dasein in Frage.

Auf was war ihr gemeinsames kaleidoskopisches Leben gegründet? Was war es wert? Wie sollte, wie konnte sie an der Seite Charlotts den Alltag weiterleben? Einen Alltag, in dem die Planung ihres Todes im Mittelpunkt stand. Der Tod selbst. Wie lange noch konnte sie dieses Pendeln zwischen Angst, Ungewissheit und Hoffnung aushalten?

Genauso wenig kann sie sich ein Leben ohne Charlott vorstellen. Eine Ahnung davon hat sie bereits bekommen durch ihre ins Endlose gerichteten Augen, durch ihre abwesenden Blicke, die das ausgiebige Frühstück, einen Spaziergang, ein Gespräch, einen Kinobesuch begleiteten. Charlott war die Hauptakteurin in ihrem eigenen Film.

Noch fühlt Simone die Wärme ihrer Hand. Hält sie fest. Ganz fest. Sollte sie ihr nicht für jeden Moment danken, den sie ihr geschenkt hat, noch immer schenkt? Sie bedankt sich mit einem Lächeln in Form der gedrehten Serviettenrose. Sie hatten sich ja auf der Grundlage ihres Vertrages, jede so sein zu lassen wie sie ist, eingerichtet. Mit zunehmenden Vertragsbrüchen. Mit glühenden Momenten. Mit und ohne Worte.

genieverdächtig

»Danke.« Für Charlott sind Worte Sinn des Lebens, verbal und schriftlich, interpretiert und in Szene gesetzt. Als Nomadin der Sprachwelten gefeiert, ist ihr Leben nicht von Papier und Stift, von Büchern und Laptop zu trennen. Am Schreibtisch, in Zügen oder Cafés radikale Theorien zu entwickeln, philosophische Essays, Theaterstücke und Drehbücher zu verfassen, experimentelle Romane und Erzählungen.

Wie konnte sie nur ihr Notizbuch vergessen? Die Tasche oben im Gepäckfach verstaut! Nachteil der breiteren Reihe: Nichts darf in Reichweite unter den Vordersitz geschoben werden. Für den Fall einer Notlandung, wenn sich die Passagiere durch diese Reihe zum Notausstieg drängen würden. Die Schwimmwesten erst außerhalb des Flugzeugs aufblasen und kein Handgepäck mitnehmen! Eine Rutsche würde sie auf Tragfläche, Erde oder Meer in Sicherheit bringen. Am liebsten auf die Erde, auf festes Land, über das schon bald ihre Elementarteilchen fliegen werden.

Aber vorerst will sie den gerade angeflogenen Gedanken retten. Er schien so genial. Doch worum drehte er sich noch? Sie will einen Anhalt finden, ein Wort zumindest, um das der Gedanke kreiste. Sie geht das Alphabet durch, einen Buchstaben nach dem anderen, einer könnte sie auf die Spur des wegweisenden Wortes bringen. Da bringt sie die Pergamenttüte, für plötzlich auftretende Übelkeit gedacht, auf einen anderen Gedanken. Sie zieht die Tüte aus dem Netz vor ihr, wendet sich wieder Simones Sudoko-Bleistift zu, »darf ich mal kurz?«

Die Sprache stand von klein auf im Zentrum ihres Lebens. Das »Wunderkind der Worte« probierte sich mit ersten Gedichten in der Schülerzeitung aus, als Jugendliche erfreute sie ihre Umwelt mit aufmüpfigen Geschichten, Mitte zwanzig wurde ihr erster Roman gefeiert, als hervorragende Übersetzerin erhielt sie so manchen Preis. Die Unübersetzbarkeit von Worten und Begriffen reizten sie am meisten, darin steckten »Schätze poetischen Potenzials«. Leidenschaft und Witz ihrer literarischen Performances übertrugen sich umgehend auf das Publikum.
»Du hättest Schauspielerin werden sollen!«
»Bin ich doch.«

Gern wechselte sie die Rollen und Identitäten. Am liebsten hätte sie sich jeden Tag neu erfunden, jede einzelne Facette ausprobiert, ausgekostet, sich überraschen lassen von allem, was in ihr schlummert. Doch, wie heißt es so schön? Die Angst vor der eigenen Courage überfiel sie, den Mut zur Freiheit überließ sie ihren Figuren und Protagonistinnen, die sie bald aufforderten, ja insistierten: Gib dir die Freiheit doch selbst! Manchmal gelang es ihr und sie dankte ihren Vorbildern.

So tat sie es ihrer Pilotin Danielle nach. Sie meldete sich in einer Flugschule an. Zur Kommandantin eines transatlantischen Passagier-Airbusses wie ihre Romanheldin, der ersten Air-France-Pilotin, schaffte sie es zwar nicht, aber immerhin zur passionierten Hobbysegelfliegerin. Gemeinsam war ihnen der allgegenwärtige Wunsch, in den Himmel zu fliegen, der Freiheit entgegen. Dafür setzten sie sich über alle Widrigkeiten hinweg, über die Kosten und Warteschleifen im Lehrbetrieb, ganz besonders aber über die missbilligenden und hämischen Bemerkungen von Fluglehrern, Technikern und Putzmännern.

Und ihre zur Landschaftsgärtnerin umgeschulte Melanie, die nach einer beruflichen Katastrophe neu in New Mexico anfing, inspirierte sie, einen Garten anzulegen. Die Kenntnisse zur Gestaltung hatte sie bereits durch die Umschulungs-Recherchen erworben. Sie spezialisierte sich auf Rosen, auf ihre Vielfalt und individuellen Geschichten, auf ihre Namensgebung und Pflege. Versprach sich selbst und Simone einen Rosengarten.

Mit ihrer in allen Texten pointierten Patriarchatskritik fand sie zahlreiche Befürworterinnen. Und findet sie, wenn auch weniger, heute noch, heute wieder.

Massen hatte sie bis auf ihren ersten Roman, der in zahlreiche Sprachen übersetzt wurde, nie angezogen. Ein zeitgeschichtliches Dokument feministischen Aufbegehrens und kämpferischer Coming-out-Stories über atlantische Grenzen hinweg. Gelangweilt von Plots und Alltäglichkeiten wandte sie sich mehr und mehr poetischen und experimentellen Formen zu. Nicht verkaufsträchtig, war die Antwort auf ihre Manuskripte, zu wenig

Handlung, zu kompliziert. Doch gerade das liebte sie beim Streifen durch die verzweigten, vielschichtigen Sprachwelten.

Sie suchte nach außergewöhnlichen Wörtern und Begriffen, notierte sie, wo sie auftauchten, setzte sie in einen neuen Zusammenhang, in ihren. Erweiterte ein großer Wortschatz nicht die Gedanken? Eine ihrer Lesungen im hektischen Buchmessengewühl, sie drohte darin unterzugehen, beendete sie mit den Worten: »Bemühen Sie sich nicht, meine Bücher zu lesen, denn Schreiben bedeutet den Schreibenden mehr als den Lesenden.«

Groupies

In edlen Art-décor-Sälen trat sie im Traum auf, verwies Interviews fürs Radio auf später, Fernsehkameras waren auf sie gerichtet, jemand begleitete sie auf die Bühne, stellte sie gebührend vor und übergab ihr das Wort. Anhaltender Applaus. Mit Zugaben geizte sie nicht. Die Augen geöffnet, richtet sie das Wort an ihre Groupies, die sie umgeben, die sie verwöhnen, denen es eine Ehre ist, sie als Gast zu haben, die sie mit dem Auto abholen, sie selbst hat keinen Führerschein, die sie begleiten, ihr die Tür aufhalten, ihr gegen alle feministischen Regeln in den Mantel helfen, Freundinnen, die sie anbeten. Die sie begehren.

Verführung hatte sie einst zur politischen Devise erklärt. Ob nun über Hand, Herz oder Geist, betonte sie oft die Bedeutung der Sprache und der Zunge im selben Wort: *langue*, *lengua*, *lingua*.
Und gern zitierte sie Hilde Domins Gedichtzeile *Hände voller einmaliger Finger*. Immer schwang das Poetische mit: »Mein wirksamstes Mittel der Verführung ist das Dichten.« Die Trennungslinien zwischen ihren Verführungskünsten zog sie scharf. Die meist kurzen sexuellen, in ihrer Sprache auch *linguistischen* Beziehungen, verwan-

delte sie hin zu Freundschaften, zu Teamarbeit, zu Lebensabschnittspartnerschaften, oder sie bekamen einen Wohngemeinschaftscharakter.

Der Kreis der politisch Verführten in ihrem Radius ist im Lauf der Jahrzehnte stabil geblieben.

allegro

In diesem Radius bewegt sich auch Judit. An ihrer
Rückenlehne vorbei schaut sie zu Charlott, auf den Stift
in ihrer Hand. Charlott reicht ihr die zweckentfremdete
Papiertüte: »Platz für Parabeln / auf Papyrus, Perga-
ment / opake Klänge.« Eine Aufforderung an sie? Ein
Wunsch? Eine spontane Eingebung?

Judit reißt sich zusammen, die Situation so zu nehmen
wie sie ist, eine Stunde nach der anderen, einen Augenblick nach dem anderen. Derer wird es noch viele geben
in den nächsten Tagen, immerhin tausende Minuten
und unzählige Momente. Das definitiv gesteckte Ziel
hält die fliehenden Momente, jeder eine Welt für sich,
zusammen, hält ihre aufwallenden und abebbenden
Empfindungen in Schach, ein schützender Kokon.

Scharfzüngig, charmant und zugewandt, so hatte sie
Charlott vor einem Jahrzehnt kennengelernt, war auf
Anhieb ihrem Wortwitz, ihrem geschwungenen Mund
verfallen, bedankte sich strahlend für die vergnüglich in-
szenierte Performance. Charlott lud sie ein in die Pizzeria
nebenan, sie habe einen Tisch reserviert für alle, die Lust
haben, den Abend mit ihr ausklingen zu lassen. Erstaun-

lich, mit welcher Aufmerksamkeit Charlott sich ihren Freundinnen und Groupies zuwandte! Einer jeden das Gefühl gab, besonders zu sein, eine jede aufmunterte, dem Besonderen ein Gesicht zu geben, es zu gestalten. Ihre Feindinnen, die natürlich nicht anwesend waren, übersieht sie, die existieren nicht in ihrem Blickfeld.

Judit litt unter der Flüchtigkeit ihrer bald begonnenen Liebesgeschichte, für Charlott zog sie zu viele Begehrlichkeiten nach sich, mündete in einer Affäre. Ihr Begehren war auf die Protagonistin gerichtet, die sie für ihren neuen Roman zu formen begann. »Zu komponieren«, sagte sie, »möglichst facettenreich. Einen Roman zu schreiben, ist wie verliebt sein. Alles andere ist nebensächlich, zählt nicht. Oder nur am Rande.«

In ihrer Randexistenz beschloss Judit, die Allround-Musikerin, ihrer Wege zu gehen, sich auf ihre eigenen Kompositionen zu konzentrieren. Im Verzug mit ihrer Auftragsarbeit für eine Kinderoper setzte sie sich wieder diszipliniert ans Klavier, nahm eine zusätzliche Klasse in der Musikschule und eine Chorleitungsvertretung an. Ihre vernachlässigten Doppelkopfabende zogen sich wieder in die Länge, bei den Proben ihrer Jazz-Combo brauchte sie keine Migräne mehr vorzutäuschen. Doch Charlott ließ sie nicht in Ruhe, begleitete sie ungefragt auf mondbeschienenem Nachhauseweg, stand vor einer roten Ampel, beim Zähneputzen oder an der Supermarktkasse plötzlich neben ihr. Kaum die Wohnungstür aufgeschlossen, stürzte Judit zum Anrufbeantworter. Wieder keine Nachricht! Sie starrte das Telefon an. Soll ich, soll ich nicht?

Lieber eine reduzierte Nähe zu ihr als keine, war das Resultat des langwierigen, des ermüdenden Hin und Hers jener aufdringlichen Momente. Ungern wollte sie zu den Nicht-Existenten in Charlotts Leben gehören. Möglicherweise war die Nähe gar nicht reduziert, nur anders! Wollte sie nicht einmal Charlotts Gedichte vertonen? Sie nahm sich eins ihrer Sonette vor, verwandelte es in eine Sonate im Nu. Gleich beim Lesen der Zeilen hörte sie die Klänge, die Zwischentöne, wusste, wo die Pausen und Betonungen liegen, Höhen und Tiefen, crescendo und andante.

Charlott, für die ein Leben ohne Musik undenkbar ist, lauschte mit Hingabe den Vertonungen, der Mezzo-Stimme, dem bewegenden Klavierspiel. Ihr Klang-Duo war geboren, sie nannten es *Allegro*. Es führte zu so manchen Höhenflügen. Zu einem Hauch Unsterblichkeit.

Bis Kim erschien.

gruftig

Den Stadtplan vor sich, sucht Kim die anvisierten
Adressen auf, verfolgt sie mit ihren absplitternden
schwarz gelackten Fingernägeln, überprüft noch einmal
den Zeitplan, wie und wann am besten wohin kommen,
so unkompliziert wie möglich.
Ihre schwarze Kleidung, die Doc Martens Stiefel, ihre
dunkle Augenumrandung, die gepiercten Lippen erinnern
an die Zeit, in der sie das Finstere zelebrierte, mit Grup-
pen Gleichgesinnter auf Friedhöfen der heilen lichten
Oberflächenwelt entgegentrat, leichenblass geschminkt
den Tod besang. Noch immer der Unterwelt verbunden,
wird sie »unser Grufti« genannt. Ihr täglich Brot verdient
sie – in bequemen Halbschuhen und dezenter Augenum-
malung – als Beraterin in Ikeas bunter Küchenabteilung.
Sie legt eine Hand auf Charlotts Schulter: Ich bin da,
hinter dir, dicht bei dir. So wie das ganze letzte Jahr, seitdem sie zum auserwählten Kreis um Charlott gehört.
Mehr noch, die Nummer Eins wurde.

Täglich telefonierten sie mehrmals, täglich sahen sie
sich. Auf ihre Zukunft gerichtet, empfinden beide das-
selbe Verlangen, hofieren mit derselben Passion Persephone, die Göttin der Unterwelt.

Kim kennt Charlotts Wünsche, ohne sie von den Augen ablesen zu müssen, von den zum Himmel aufschlagenden, den vernichtend blickenden, den halbgeschlossenen, den sehnsuchtsvollen nach einem spontanen Ausflug ins Blaue, den verlangenden nach einem Steak, den dringlich auf ihren Laptop gerichteten: höchste Zeit, ihre letzten Geistesblitze einzugeben.

Eine Ehre, am Dreh- und Angelpunkt in Charlotts Leben zu sein, eine Selbstverständlichkeit, diese Reise mit allem was dazugehört vorzubereiten. Es gab viel für diese beiden Tage zu bedenken, zu organisieren, aufeinander abzustimmen: Verlagstermin, Fernsehinterview, medizinische Check-ups, Unterkunft, Flug, Theaterbesuch. Museum für naive Kunst, wenn Zeit und Energie noch reichen. Nicht zuletzt, das heißt zuerst, Charlotts Geburtstag. Mit einem Festessen wollen sie hineinfeiern.

Eine gewisse Anspannung umgibt ihre Gedanken an diesen Tag. Wie er im Einzelnen gestaltet werden kann, wie er letztlich sein wird. Es ist eben ein Besonderer. Charlott hat die Besonderheit entschieden, es ist nicht mal ein runder Geburtstag. Einundsiebzig.

Kim fühlt sich verantwortlich für das Gelingen des Besonderen, dass es um Himmels willen nicht besonders daneben geht. Simones und Judits Vorbehalte ihr gegenüber machen es nicht einfacher. Sie nehmen es ihr übel, dass sie das ganze Jahr lang Charlott »mit Beschlag belegt hat«, ihr »willenlos zur Verfügung stand«, »kritiklos ihr Ansinnen unterstützte, mehr noch: ihr zuredete«.

Die beiden haben keine Ahnung, wirklich keine Ahnung von dem, was sie mit Charlott verbindet. Abgrundtief.

Von hier aus liegt das sonnige Tagesgeschehen, durch das sich die beiden bewegen, auf einem anderen Stern, so klein, so nichtig, so flach. Und sie selbst sind auch in diesem Flachland geboren, müssen darin aber nicht bis zu einem unbestimmten Ende ausharren.

Obwohl erleichtert über Charlotts sich entspannenden Gesichtsausdruck, wirkt Kim angestrengt, etwas verloren in ihrer Geschäftigkeit. Anders als vorgesehen, kann sie den Schritt ins Nirgendwo oder Irgendwo der anderen Welt nun nicht mit Charlott gemeinsam tun. Mit einer Gedichtzeile Inge Müllers hatten sie sich das ganze Jahr über immer wieder zugesichert: *Du wirst dich bald wie ein Eichhörnchen drehn / Im Rotor des Lachens.*

Nun weiß sie nicht, wo und wie sie sich als Eichhörnchen drehen kann. Deshalb denkt sie lieber nicht daran, sie kann nicht in dieses Ungewisse denken. Mit Charlott ins Blaue des Umlands zu fahren, das hat sie gelernt, aber nicht ins Blaue denken. Dies ist ihre erste gemeinsame Reise über Landesgrenzen hinweg. Um das gemeinsame Lachen in der Rotunde des Horizonts fühlt sie sich betrogen.

Geschenk des Himmels

Charlott verfolgt die Linie am Horizont, sie hat die Verdunklung wieder hochgezogen, Wolken haben sich über die Erde geschoben. Sie fasst Kims Hand auf ihrer Schulter, bedauert tief, ihren größten Wunsch nicht erfüllen zu können. Dazu fehlen ihnen die Ressourcen. Und die Immigrationsformalitäten in die andere Welt, wie sie den erforderlichen Papierkram nennt, hatte sie mit der entsprechenden Organisation schon vor Kims Zeit in die Wege geleitet. Jetzt, da sie endlich den Einreisetermin erhalten hat, könnten erneute Formalitäten zu langwierig und zu unsicher werden. Wer weiß, was sie noch umstimmen, wer sie noch festhalten könnte? Sie wendet sich nach hinten, drückt Kims Hand und lässt sie los. Keine von beiden lacht.

Mit einem Lachen auf den ersten Blick hatte alles begonnen, an Kims ersten Arbeitstag im Eldorado. Ein Zweitjob als Serviererin neben Ikeas Küchenabteilung, um die erhöhte Miete bezahlen zu können.
»Sind Sie neu, ich habe Sie hier noch nicht gesehen?«, wurde sie von einer Dame am Fenstertisch angesprochen, die ihre Lektüre unterbrach, als sie fragte: »Was darf es sein?«.

In Gedichtform präzisierte sie, welche Beschaffenheit der Espresso macchiato haben sollte und wie er auszusehen hatte.

Reiner Arabica fairtrade aus Peru / mit frischer Milch einer hiesigen Kuh / Farbton caramel / wäre ideel / ein wenig wie Ihr Schlüsselbeintattoo

Kim lachte, sie wolle die gewünschten Zeilen so genau wie möglich weiterleiten, könne aber nicht garantieren, dass der Reim eingehalten würde.

Er wurde eingehalten, der Farbton stimmte allerdings nicht mit dem deutlich dunkleren Tattoo überein.

»Des Reimes wegen«, richtete Kim aus.

Als Dank lud Charlott sie auf einen Aperitif zum Feierabend ein. Kim erschien zum Chillout in ihrer schwarzen Kleidung, den Doc Martens Stiefeln, mit betont schwarz umrandeten Augen.

»Einen Gin Tonic bitte.«

»Für mich auch.«

Sofort bei ihrer gemeinsamen Passion für Persephone angelangt, bedauerten sie, dass die Friedhöfe zu dieser Stunde geschlossen waren. Beglückt, so selbstverständlich, so frei über ihre Vorliebe sprechen, sich so rückhaltlos offenbaren zu können, verabschiedeten sie sich »dann bis morgen«.

Zu Hause angekommen, griffen sie fast gleichzeitig zum Telefon. Sie hatten sich noch so viel zu sagen in dieser dunklen Nacht, inspirierten sich zu Ideen, entwarfen Möglichkeiten, wie sie am besten Persephone begegnen könnten.

»So bald wie möglich, mit dir, mein Geschenk des Himmels.«

aus eigenem Willen

In ihrem Freundinnenkreis brachte Charlott, Frau des
Wortes, ihr Ansinnen nicht über die Lippen. Sie kannte die Vorbehalte und Widerstände, auf die sie stoßen
würde, des geplanten Finales wegen, vor allem seiner
Inszenierung wegen: Pietätlos … Sie nehme sich zu
wichtig … Alles Theater.
Warum diesem Lebensaugenblick kein Schauspiel widmen? Ihn feiern? Seine Bedeutung hervorheben? Das
ist das Leben doch wohl wert, auch dem Traurigen und
Trüben eines Abschieds die entsprechenden Farbtöne
zu geben, sie gar funkeln zu lassen, wenn sie denn funkeln. Immerhin ein Naturereignis. Ein Weltuntergang.
Ihr Weltuntergang.

Statt ihrer Freundinnen hatte sie lieber den Gedicht-
band *Aus eigenem Willen* zu Rate gezogen. Sie hielt lange Zwiegespräche mit Sylvia Plath, für die Sterben eine
Kunst wie alles andere war. Nach mehreren Versuchen
fand sie sich außergewöhnlich gut darin und sah sich aus
der Asche erheben mit ihrem roten Haar.
Anne Sexton flüsterte ihr zu: *Zweimal habe ich den Feind
in Besitz genommen, den Feind gegessen, / Mir seine Kunstgriffe,
seinen Zauber angeeignet.*

Die Worte ihrer heimlich Vertrauten verknüpften sich zu einem Lebensfaden, zu einer Kette, an die sie diese Perlen der Ermutigung aufreihte. Die letzte fand sie plakatiert an einem Laternenpfahl: *Zwischen Angst und Mut liegt nur ein Herzschlag.*

Auf keinen Fall wollte sie über ihre sich mehr und mehr verfestigende Entscheidung diskutieren, sich dafür rechtfertigen, sie immer wieder neu in Frage stellen. Oft genug wankte sie, war anfällig für eine Kehrtwendung, dann, wenn sie Cecilia Bartolis Stimme oder Judits letzte Sonate hörte, dann, wenn ihr ein neuer Zeilenreim einfiel, wenn sie die Kastanienkerzen aufblühen sah, dann, wenn sie Simones wärmende Hand spürte, dann, wenn sie Meeresluft einsog, wenn die Katze an ihrer Seite schnurrte, dann, wenn sie vom Zwitschern der Vögel geweckt wurde.

Wurzeln in der Luft

Die Vogelsprache hatte ihr Josefine beigebracht. Charlott späht auf den leeren Sitz schräg vor ihr. Auf der Armlehne könnte Josefines Ellbogen liegen, an die Kopfstütze gelehnt ihr Kopf, die ergrauten einst grün gesträhnten Haare widerspenstig in alle Richtungen gestreckt.

Josefine, ihre erste Liebe, ihre große Liebe, so wie erste Lieben erscheinen. Sie teilten ihre Leidenschaft für abenteuerliche Ausflüge, für Erlebnisse im Freien. Es war nie vorauszusehen, wo ein Spaziergang hinführte, wo er endete, an einer maroden Brücke, in einem Weinlokal, an der nächsten Ecke, oder wie lange der Ausflug dauerte, eine Stunde, bis Mitternacht oder bis zum Sonnenaufgang. An einem aufgehenden Morgen identifizierte Josefine, mit ihrem Fernglas unterwegs, über dreißig Vögel, notierte sie stolz in ihr Vogelbuch und imitierte ihre Stimmen beim Frühstück im Grünen. Für den Proviant hatte Charlott gesorgt. Zu ihrem Tascheninhalt gehörten neben dem Spiegel immer auch Zahnbürste und Müsliriegel.
»Astronautennahrung!« Josefine war begeistert.
Sie kannte sich aus mit den Sternen, verdiente ihr Geld als Astrologin, wandte sich aber mehr und mehr der Materie

Kosmos zu. Für sie gehörten beide Wissenschaften zusammen, waren die Wurzeln in der Luft. In ihrem nächsten Leben würde sie Astronautin, das war klar, in diesem Leben versprach sie Charlott eine Reise zur höchst gelegenen Sternwarte der Welt. Dort in der chilenischen Atacama-Wüste suchen Astronomen nach dem Ursprung des Seins, dort in den Anden seien die Sterne zum Greifen nahe!

Sie schafften es zu greifbaren Sternen in der Eifel, spürten quasi den Sternenstaub in ihren Körpern, die Substanz, die sie mit ihnen verband.

Dann nahmen andere große Lieben Platz zwischen Plan und Traum vom sternklaren Himmel in den Anden. Die Verbundenheit zwischen ihnen blieb, auch über geografische Entfernungen hinweg. Wurden sie nach dem Charakter ihrer dauerhaften Liaison gefragt, antwortete die eine: Wurzeln in der Luft, die andere: der Vögel wegen.

Luftwurzeln und Vögel verschwanden augenblicklich, als Charlott ihre Reise nach Zürich thematisierte. Josefine, außer sich über solche Lebensverschwendung, beschwor bei ihrem Atem die Vielschichtigkeit der Lüfte, die Vielfalt der Wege, der Sterne und Vogelstimmen. Ihr entschiedenes Nein zur Geburtstagseinladung bedeutete für Charlott Verrat an ihrer alle Zeit überdauernden Freundschaft, Verrat am Flug zu den Sternen.

Sie hat den Kopfhörer wieder aufgesetzt. *Wenn ich ein Vöglein wär' und auch zwei Flüglein hätt'* …, gehört mit zu den für diese Reise zusammengestellten Liedern. Im Kinderchor gelernt, ist es sporadisch immer wieder in ihrem Leben aufgetaucht. Nun braucht sie die Flüglein gar nicht mal auf ihrem Flug zur noch höher gelegenen als der höchst gelegenen Sternwarte der Welt.

»Es braucht immer einen Traum, einen unerfüllten Wunsch zum Weiterleben«, hatte Josefine ihr wütend, weinend nachgeschrien.

Charlott wendet sich ab vom leer gebliebenen Sitz schräg vor ihr, verliert sich im noch sternenlosen Himmel.

Josefines Abwesenheit ist für alle präsent, eine Provokation für Charlott und Kim. Verständnisvoll für Judit und Simone, die, nachdem sich ihre Wege vor einem Jahrzehnt eifersuchtsanfällig in Charlotts Leben kreuzten, wenig miteinander zu tun hatten. Auch wenn sie daran zu schlucken haben, seit einem Jahr nur noch eine Nebenrolle in Charlotts Leben zu spielen, konnten sie dieser Geburtstagseinladung kein Nein entgegensetzen. Sie haben auf das gute Zureden ihrer inneren Stimme gehört, diese Reise als Geschenk an Charlott zu betrachten, an ihre abnehmende Zukunft, die sie so gern betonte.

abnehmende Zukunft

Das Abnehmen der Zukunft konnte Charlott ebenso wenig aufhalten wie das Fortschreiten ihrer Osteoporose. Es machte sie krank, etwas, das ihr nicht passt, nicht ändern zu können, es ertragen zu müssen. Irgendwann hatte sie sich den irgendwo aufgeschnappten Spruch zueigen gemacht: Protest ist, wenn du sagst, was dir nicht passt, Widerstand ist, wenn du dafür sorgst, dass das, was dir nicht passt, nicht länger geschieht.

Gegen die Schmerzen kann sie so lange protestieren und agieren wie sie will, sie verschwinden nicht. Im Gegenteil, sie landet in dem ihr verhassten Jammertal. Mit dieser Reise tat sich eine Möglichkeit auf, dass das, was ihr nicht passt, nicht länger geschieht. Eine überzeugende Möglichkeit, dem Leiden etwas entgegenzusetzen.
Seit Jahren wird sie von ihren Knochen terrorisiert. Die Schmerzen im Rücken, in den Gelenken, in Knien und Knöcheln werden immer unerträglicher. Jedes Aufstehen, jeder Schritt mit Schmerzen verbunden. Hat sie einen Weg von zehn Minuten zu Fuß zurückgelegt, ist sie erschöpft. Zu erschöpft um zu reden, zu denken, zu kommunizieren. Essenseinladungen oder Partys werden zur Qual, noch dazu die Anstrengung, gut gelaunt

dreinzublicken, offen zu sein für Gespräche. Kaum einen Raum betreten, schaut sie sich auf ihren Stock gestützt nach einer Sitzgelegenheit um statt nach einer Schönen zum Flirten, und damit direkt in ihre abnehmende Zukunft.

stieftöchterlich

Zu kurz die Zukunft, um noch einmal als Stern im literarischen Himmel aufzugehen und zu leuchten. Die meisten ihrer Bücher hatte eine österreichische Verlegerin in ihrem Ein-Frau-Verlag herausgegeben. Über Jahre ihre Wahlheimat, hatte Charlott in Wien Seelenverwandte und geistige Mitkämpferinnen gefunden. Inzwischen sind die kleinen Auflagen ihrer Bücher vergriffen oder nicht mehr im Handel, vereinzelt noch antiquarisch zu finden.

»Ihr« Verlag ist seit dem Tod der Betreiberin, eine ihrer Verehrerinnen, aufgelöst. Charlotts philosophische Ansätze und radikale Theorien, ihre Lyrik und Prosabände, sind nur noch wenigen Menschen bekannt, ihr Name also kein umsatzfördernder Begriff. Kaum eine Chance, dass ihre Bücher im deutschsprachigen Raum neu aufgelegt werden.

Geradezu stieftöchterlich wurden sie in ihrem Heimatland behandelt. Aber dieses Schicksal trifft sie nicht allein. Mutterländer vernachlässigen ihre fremdgehenden oder fernen Töchter. Frankreich zum Beispiel ist sehr verhalten gegenüber den Autorinnen aus Quebec, Belgien, der französischsprachigen Schweiz. Nur wenige schaffen es in die Buchhandlungen der Metropole und in die Rezensionen von Le Monde und Libération.

Viele müssen erst sterben, um beachtet zu werden, sagte eine exilierte russische Dichterin, bevor sie ins Wasser ging. Tod bedeute im Russischen Anerkennung des Lebens und sei gleichbedeutend mit posthumem Ruhm.

posthumer Ruhm

Charlott empörte sich über die globale Stimmigkeit dieser Aussage, einfach ungerecht den Lebenden gegenüber. Sie wünschte sich das, was gegenwärtiger Ruhm mit sich bringt: angemessene Anerkennung ihrer Arbeit, ideell wie materiell. Sie selbst, jahrzehntelang engagiert in literarischen und politischen Kreisen, hat Festivals und Tagungen organisiert, eine Literaturzeitschrift herausgegeben, spanischsprachige Schriftstellerinnen übersetzt und in ihrem Land bekannt gemacht. Doch wer widmete ihr eine Tagung, würdigte ihr umfangreiches Lebenswerk? Das Kulturhaus ihrer Stadt hat sie höchstens mal zu einem Vortrag unter ferner liefen eingeladen.

In diese Empörung hinein fiel eine Zeitungsglosse zum Gehabe, das um die Toten während des gerade stattfindenden Filmfestes gemacht wurde. Mit dem Fazit, dass es sich für mittelmäßige oder umstrittene Filmschaffende als förderlich erweise, kurz vor solch einer internationalen Festivität zu sterben. Mit Sicherheit würde eine Retrospektive ihres Lebenswerks aus dem Boden gestampft, mit Sicherheit würde ihrer Einmaligkeit, ihrer Magie, ihrer Unverzichtbarkeit für den Film in einer Ehrengala gedacht.

44

Welch aufmunternder, welch ermutigender Gedanke! Gut gelaunt las Charlott weiter. Der Verfasser riet allen Filmschaffenden, die während der Festspiele verrissen, vergessen oder schlecht behandelt werden: Stellt Euch einfach vor, ihr seid tot. Alle werden Euch lieben, alle werden Euch vermissen, alle werden Euer Werk über die Maßen loben.

Gehstock & Gertrudes Rosen

Zumindest wurde beim letzten Literaturfestival ihr
Stock gelobt.
Ihr Elfenbeinstock, der jetzt in Gewahrsam des Kabinen-
personals steht, ist auch der Flugbegleiterin aufgefallen.
 »Was für ein außergewöhnlicher Stock! Doch leider –
die Vorschriften, Sie wissen schon … Auf dem Weg zur
Toilette können Sie sich an den Gangsitzen abstützen
oder ich begleite Sie.«
Der charmanten Weise konnte und wollte Charlotte sich
nicht widersetzen, auch war sie der Wortgefechte müde.
»Danke. Wenn nötig, komme ich gern darauf zurück.«
Tatsächlich würde der Stock jetzt ihre Beinfreiheit er-
heblich einschränken.

Das Lob für den Stock im literarischen Zusammenhang
ertrug Charlott gelassen, so wie sie manches in diesem
Jahr gelassener betrachtete, seit sie sich für diese Reise entschieden, das Energie raubende Wechselspiel von
Zweifel und Vorfreude ein Ende hatte. Welche Erleich-
terung, ohne Wenn und Aber den eingeschlagenen Weg
weiter zu verfolgen!
Ihren Stock immer zur Hand, ist sie es gewohnt, auf ihn
angesprochen zu werden: Wo denn Basket sei? Zuerst

amüsierte sie der Hinweis auf Gertrude Steins Hund, sie fühlte sich geschmeichelt. Dann wies sie solche Bemerkungen mit bösem Blick zurück.

Schmerzen und Medikamente machen sie bisweilen böse, oder wecken diesen Charakterzug, der gut versteckt in ihren Innereien schlummert. Es ist ihr zu anstrengend, ihn in seine Schranken zu verweisen, gleichzeitig bedauert sie, ihr Gesicht verloren zu haben. Sie mag sich im Nachhinein auch nicht für den bösen Blick entschuldigen, steht sie doch im Prinzip zu dem, was sie sagt und denkt und fühlt und tut. Soll sie jetzt etwa ihre Lebensphilosophie der Wahrhaftigkeit über den Haufen werfen? Sie kann nicht noch ihren Kopf verbiegen, ganzheitlich zum Krüppel werden. Es reicht, wenn ihre Gelenke verbogen sind. Gesicht hin, Gesicht her, sie will ihre Seele wahren, wo immer die hausen mag. Kaum hörbar lenkt sie manchmal ein: Behalte mich so in Erinnerung, wie du mich von früher kennst.

Für die immer kürzer werdenden Spaziergänge ohne Basket begann sie, ihren Stock zu stilisieren. Sie verwandelte ihn in ein Aufsehen erregendes Accessoire. So sah das Publikum nicht die Krücke, sondern die Schönheit und Exotik. Eine ganze Stocksammlung steht in ihrer winzigen Garderobe, Reiseandenken und Geschenke, die sie gern in ihrer Nähe weiß, die sie gern ausführt. So wie andere sich überlegen, was sie zum Ausgehen anziehen, kann sich Charlott kaum entscheiden, welchen Stock sie zur Kleidung, vor allem aber für ihre Auftritte wählt, in Oper, Café, Kaufhaus, zur Ärztin, zur Sparkasse, zu einem geschäftlichen Termin, einem Stadtbummel oder Rendezvous: den mit dem Knauf aus echtem Elfenbein, den mit schwarzem Lack überzogenen aus Japan oder den aus Zedernholz geschnitzten mit kupferner Spitze, der beim Gehen nicht zu überhören ist. Es sei denn, es sind gerade Nordic-Walkende unterwegs. Die ernten vernichtende Blicke.

Sie ist eine Meisterin darin, ihre Schwächen zu überspielen. Nie würde sie ihre Gebrechen in der Öffentlichkeit thematisieren. In ihrer Gegenwart sind Krankheit, Wehwehchen, Wurzelbehandlungen, Hüftoperationen tabu. Werden diese angesprochen, wechselt sie das Thema. Oder den Raum.

Zuhause kann sie weder Thema noch Raum wechseln, ihr Zerfall bleibt anwesend, unentrinnbar und alltäglich auch für Simone: wenn Charlott sich vor Schmerzen krümmt, wenn sie nicht weiß, wie sie aus der Badewanne steigen soll, um Hilfe ruft, wenn sie wütend wird, weil sie die Wasserflasche nicht öffnen kann, wenn sie schluchzt, weil ihr der Stock aus der Hand gefallen ist.

Dann wieder kann sie den Schmerzen Scherze abgewinnen:

Eine Dame aus dem irischen Limerick / erfand mit zerfallendem Körper einen Trick / gestaltete ihren Stock fürwahr / und machte ihn zum Star / das gab ihrem Gehen den kreativen Kick

Eine Dame in eleganten Hosen / kann nicht mehr sitzen in allen Posen / schwindende Knochen / der Fuß gebrochen / sucht sie Namen für Gertrudes Rosen

Simone schmunzelte. »Alle Rosen haben Namen«, hatte Charlott sie irgendwann mit einem bunten Strauß zu keinem Anlass überrascht, dabei jeder einzelnen ein Kurzgedicht gewidmet, das sich auf ihren Namen und auf sie, Simone, bezog.

Nun widmete Charlott, ganz in ihrem Element, Gertrude ein Bouquet:

»*Amberqueen, singing in the rain, Colette, Königin Christine, sunrise, Eskapade.*«

»Du vernachlässigst deine Rosen vor der Tür!«

»Sie verwildern, das ist was anderes, ihr gutes Recht. Auch das gehört zum Paradies. Du weißt doch, nur Blüten, die verwelken, tragen Früchte.«

»Am besten, wenn du ihnen zur Seite stehst, mit ihnen sprichst, Hand anlegst, ihnen Platz und Luft für neue Triebe schaffst.«

Schließlich legte Simone Hand an, beschnitt die Rosenstöcke, die Büsche und die Kletterrose zum Dach hinauf, die auf den Namen *My way* hörte. Sie betörte mit ihrem Duft, war gelb und hatte Dornen.

Charlott wendet sich der Serviettenrose zu, schnuppert an ihr.

»Namen sterben nicht. Diese heißt Simone. Lass uns darauf anstoßen.«

Sie reckt den Arm zum Klingelknopf, bestellt »Champagner, fünf mal bitte.«

Wegen der wuchernden Rosen, der wachsenden Treppenstufen, der verstopften Dachrinne verkauften sie ihr feindselig werdendes Paradies und bezogen eine Parterrewohnung in der Stadt.

Briefkultur

Die überschaubare Stadtwohnung erleichterte den Alltag, nicht aber das Bewohnen ihres Körpers. Die Schmerztabletten wirkten trotz erhöhter Dosis begrenzt. Entsprechend dosierte Charlott ihr Erscheinen in der Öffentlichkeit, ihre öffentlichen Auftritte. Die Stunden am Schreibtisch dosierte sie nicht, schrieb sich ihre Schmerzen zeitweise aus dem Leib, vergaß sie einfach. Manuskripte häuften sich in Schubladen und Dateien, manche Bruchstücke warten im Gedächtnis auf Vervollständigung. Wenn sie Glück hat, leben manche in ihren Worten fort. Überbleibsel von einst vollkommenen Gedanken wie Sapphos Scherben?

Nur ein paar Schritte von ihrem Schreibtisch entfernt, wurde das Eldorado ihr erweitertes Wohnzimmer, ihr Salon. Hier holte sie die Welt zu sich, hier empfing sie an ihrem Fenstertisch: Kaffee, Tee, Prosecco? Hier traf sie ihre Verabredungen, las lokale und internationale Zeitungen, wurde Zeugin so manch intimer Geständnisse zwischen zwei Fremden am Nachbartisch, die sich, um einen unbefangenen Austausch reicher geworden, vielleicht einen Schritt weitergekommen zu sein, voneinander verabschiedeten: Es hat mich gefreut …

Auch sie verwickelte sich in Gespräche über den Tisch hinweg, schloss neue Freundschaften, wie mit der von weither angereisten Dichterin Aksinja. Seitdem korrespondieren sie viel, ganz altmodisch per Post. Keine Briefe, die gestern gelesen werden müssen, morgen oder später sind sie genauso aktuell. »Über den Tod hinaus«, versicherte Aksinja, erreichte mit diesen Worten Charlotts Seele.

Briefeschreiben war schon immer ihr Steckenpferd. Eine »kindische Neigung«, diese Bedeutung war dem Steckenpferd zugeordnet, bevor aus dem Wort ein Hobby wurde. Die Kinder, mit denen sie spielte, wussten um ihre Vorliebe, sie schenkten ihr Briefpapier in allen Farben, Formen, Ausführungen: dreiteilige aufklappbare Mappen, in den rechten und linken Seiten jeweils oben und unten steckten die Briefumschläge, die Briefkarten dazwischen und im mittleren Teil das DIN-A4-Papier. Briefpapiermappen könnten wieder in Mode kommen, wenn Menschen E-Mailerei und Gesimse satt haben, bei anhaltendem globalem Stromausfall, bei Datenspionage oder als Installation einer Ausstellung »Fundstücke«. Dieses Thema erfreut sich immer größerer Beliebtheit, vor allem bei den Älteren, die gern in ihrer eigenen Geschichte graben oder von ihren zahlreichen Ausflügen Scherben aus Altertümern und Ruinen, von Stränden und Feldwegen mitbringen.

In ihrer Züricher Unterkunft wird sie, das nimmt sie sich bei einem Schluck Champagner – er könnte kühler sein – fest vor, den einen oder anderen Brief schreiben. Es gibt noch klärende Worte zu sagen, bevor es zu spät ist.

Sie könnte Briefe zu ihrem Geburtstag verschicken. Statt E-Mails senden wird sie Hotel-Papier mit eingeprägtem Logo nehmen, vielleicht findet sie noch eine schöne Briefmappe für Aksinja. Als Danke für ihre Vermittlung an die Schweizer Verlagslektorin, die Interesse an ihrem neuen Roman zeigt, ihn eventuell zur Buchmesse im nächsten Jahr veröffentlichen will. Es fehle allerdings ein akzeptabler Schluss. Er sei nicht schlüssig, meint die Lektorin, ungünstig für den Verkauf. Das wollen sie morgen besprechen, heißt verhandeln.

Charlott braucht ein unschlagbares Argument für die Unschlüssigkeit des letzten Satzes, darauf wird sie bestehen, hofft auf eine Idee, die sich über Nacht in ihr einnistet. Sie möchte die verlegerische Unstimmigkeit aus dem Weg räumen, vor allem das Eventuell. Könnte danach ein schön gestaltetes Hardcover ins Spiel bringen.

Erst kürzlich erhielt sie die Verlagsnachricht, auf die sie lange gewartet, dann vergessen hatte. Simones Hoffnungsschimmer glühte auf: »Ein Zeichen weiterzumachen! Du siehst, du bist noch gefragt!«

Charlott untermauerte ihre Antwort mit einer Zeile ihrer Ratgeberin Unica Zürn: »*Vorbei, sagt leise das Mädchen, und eine Spur von Bedauern mischt sich in ihre Entschlossenheit … ehe sie mit ihren Füßen das Fensterbrett verlässt.*«

Sie spürte, wie Simone auf das Bedauern ansprang, ja darauf setzen wollte, und fügte schnell hinzu: »Das Eventuell ist schließlich nur ein Eventuell, nur eine Möglichkeit.«

global gesehen

Eine Möglichkeit ist aber auch eine Möglichkeit. Dass das Flugzeug nicht notlanden muss, sie in Ruhe in der breiten Reihe sitzen bleiben kann, dass Judit Klänge zu ihren hingekritzelten Zeilen einfallen, dass Simone ihre heitere Gelassenheit wiederfindet, dass Persephone weiterhin eine verlässliche Verbündete für Kim bleibt, die Königin der Unterwelt sich nicht vom Bau unterirdischer Bahnhöfe vertreiben lässt, von denen sie laut Ansage des Piloten einen in Kürze überfliegen.

Immerhin hat es ausufernde, ausdauernde Proteste gegen solch sinnlose Verunstaltung der Erde gegeben. Obwohl sich Charlott seit einigen Jahren aus dem öffentlichen Geschehen, den Protestbewegungen zurückgezogen hat, ist sie innerlich beteiligt an allem was passiert. Sie regt sich auf über die patriarchale Zerstörungswut der so wunderschönen Erde, wie sie sagt, der Ressourcen, der Luft, des Wassers. Dynamit ins Meer geworfen, damit der Fischfang ergiebiger wird, Haie massenweise wegen ihrer Flossen abgeschlachtet, die zappelnden und zuckenden Restkörper ins Meer entsorgt, Haifischflossensuppe als Delikatesse angepriesen.

Sie hat die Schönheit der Erde gesehen, darin gelebt, darin gebadet, auf Bürgersteigen der Boulevards gegen die Miseren protestiert, gegen Verschwendung und Verwahrlosung irdischen Reichtums. Für eine freundliche, eine freie Welt, für eine fantasievolle. Heute überlässt sie es den Jüngeren, in Flashmobs vor Rathäusern, Regierungspalästen und an verseuchten Flüssen zu protestieren, sich gegen die alltäglichen weltweiten Vergewaltigungen global zu verbünden, zu agieren, zu tanzen. In hiesiger jährlicher »discover football«-Woche spielen Mädchenteams aus aller Herren Länder mehr für- als gegeneinander, für ihre selbst definierten Lebensbedingungen. Südafrikanische Lesbenteams kämpfen um ihr Leben, »Liebe ist ein Menschenrecht«, am meisten hat sie beeindruckt, eine Woche ohne Angst zu leben. Fünf Jahre Gefängnis für einen Kuss, prangert ein Plakat an.

Charlott selbst hat sich – zugegeben etwas resigniert: »wir verändern die Welt nicht« – mehr und mehr in globale Theorien verstrickt, sich universellen philosophischen Fragen zugewandt, zum Beispiel, was und wo die Seele ist.

Der Körper braucht für seine Existenz einen Platz auf der Erde, eine ortsgebundene Bleibe, festen Boden unter den Füßen zum Laufen, Gehen, Stehen. Zum Liegen, zum Wohnen, zum Schlafen, zum Baden. In einem Haus, Zelt, Bett, Schwimmbecken, in einer Hängematte, auf einer Parkbank, Wiese, Matte, auf einem Waldboden, Sandstrand, Stuhl, Sofa oder einem Flugzeugsitz, auch einen Stehplatz in der U-Bahn oder Oper nimmt er hin.

Anders die Seele, sie kann sich im Nirgendwo aufhalten, in einer anderen Welt, wegfliegen, wiederkommen, jeden wie auch immer gestalteten Körper in Besitz nehmen. Gekränkt, macht sie den Körper krank. »Umgekehrt genauso«, insistiert Charlott.

Ob ihre Seele nach dem Tod weiter existiert, lebt? Wenn ja, an welchem Ort, in welcher Form, in welcher Materie? Hat nicht jeder fünfte Stern in der Milchstraße bewohnbare Planeten? Bei diesen Fragen kann sie ihren Geist frei vagabundieren lassen, ohne aufgehalten zu werden, sie kann wie die Dichterin Monique Wittig Visionen entwerfen von wundersamen Planeten, die noch unentdeckt um die Erde kreisen, »bewohnt von Ullifanten, Paradiesvögeln, von sich badenden Pinien.« Sie kann sich in diesen Welten verlieren, ohne zur Räson gerufen zu werden, ohne sich selbst zur Räson zu rufen. Ohne das Gefühl zu haben, ihre Zeit zu verschwenden, wenn sie keine Antworten findet. Gerade dann wird sie umso neugieriger. Auf eine runde Welt, in der es keine Reihenfolge, kein Oben und kein Unten gibt, in der alles mit einander verknüpft ist. Aber wie?
Ihre restliche Lebensenergie ins Vage, in Unbekanntes zu bündeln, das regt sie an, das regt sie auf.

Lichtblicke

Im abenteuerlichen Unbekannten fand sie sporadisch ihre Lebenslust wieder, die sie bislang aus dem von ihr festgeschriebenen Sinn, der Existenz von Worten und dem Spielen mit ihnen, gezogen hat.

In den weißen Flecken, manchmal an Simones Hand nach verdeckten Schätzen suchend, tauchte die Lust am irdischen Dasein überraschend, wenn auch flüchtig, wieder auf. Momente, die sie Nahaufnahmen des Augenblicks nennt. Oder Lichtblicke eines dunklen Tages, wie die Fledermaus-Briefmarke auf einer australischen Postkarte, zwei zankende Krähen vor ihrem Fenster, ein malvenfarbener Wolkenstreifen oder Worte, die das Zeitgeschehen markieren, aus Wutbürgern werden Mutbürger, ein Zettelverteiler avanciert zum promotion agent, ein Hausmeister zum facility manager, Gehirnwäsche wird zum braincatering, und die Küchenhexe existiert noch im Lexikon.

Kommt es nicht allein darauf an sich zu freuen? Die Freuden zu finden?, fragte eine schwergeprüfte Malerin. Neben dem Bild einer düsteren Brandmauer entstand eins mit leuchtender Eierschale. Noch im Schein des Leuchtens wurde Charlott von einer Zeitungsnotiz brüskiert: »Glücklichsein ist eine Entscheidung.«

Eierschale, Fledermausbriefmarke, Mutbürger und Küchenhexe aus dem Sinn, fühlte sie ihr zunehmendes Unglücklichsein in der generell unglückseligen Welt zu unrecht kritisiert und zerriss die Zeitung. Auch dieser Seelenzustand hat ein Recht auf Leben, so wie verwelkende Rosen, so wie boshafte Spitzfindigkeiten, so wie verglühende Sternschnuppen. Zetern und Zerren zwischen Lichtstrahl und Düsterheit. Wer setzt sich durch? Charlott hatte nur noch den einen Wunsch, dass dieser Krieg in ihr endlich aufhört.

Kim stimmte ihr nickend zu.

Altersenergie

Judit stimmte Charlott in diesem Jahr selten zu, meist gerieten sie aneinander. Sonette und Sonaten gehörten der Vergangenheit an. Sporadische Wiederbelebungsversuche misslangen, es fehlte der Zusammenklang.
Jetzt brütet sie über den Pergament-Papyrus-Zeilen, sucht nach einer Melodie. Nichts regt sich in ihr, kein Klang, kein Ton. Ist sie aus der Übung? Die Entfernung zwischen Charlott und ihr zu groß geworden? Ein Schutzmechanismus gegen den absehbaren Verlust?
Sie sahen sich kaum noch. Egal, wo und zu welchem Anlass sie sich trafen, waren sie schnell bei den Seinsfragen angelangt, stritten, als hinge ihr Leben davon ab.

Um dem ewigen Streiten auszuweichen, hatte sie einen Ausstellungsbesuch vorgeschlagen. »Bilder von ungewohnter Leuchtkraft, von magischer Konzentration, zugespitzte Energie, die auf die Betrachtenden überschwappt.« Sie fühlte die zugespitzte Energie von den Bildern zu sich überschwappen, Charlott, erschlagen von »so viel Wucht«, musste sich ausruhen.
Sie nahmen Platz im Gartencafé des Museums. Charlott missgelaunt wegen der Künstlerin, die im Video ihre Altersenergie hervorhebt, die Freiheiten, die sie mit zu-

nehmendem Alter verspüre, sich auszuprobieren, sich nicht mehr um die Meinung anderer zu kümmern. Jedes ihrer Bilder ein neuer Anfang.

»Kaffee oder Tee?«

»Kaffee bitte, schwarz.«

Er tut gut. Judit schließt die Augen, versucht, den Faden zum Museumscafé im Schatten des roten Backstein-gemäuers wieder aufzunehmen, sich den Dialog jenes Nachmittags in Erinnerung zu rufen, wie sie es schon oft getan hat. Manchmal spult er ab als Endlosschleife, jedesmal etwas anders, sie fügt hinzu, lässt aus, stellt um, schlichtet, weiß schließlich nicht mehr, wie das Gespräch wortgetreu verlief. Auf jeden Fall war Charlott gereizt.

»Muss denn immer das Alter zur Sprache kommen? Ich kann es nicht mehr hören. Sind nicht die Werke wich-tiger?«

»Ist doch toll, sich im Alter voller Energie zu fühlen, das führt das Alter ad absurdum und die Künstlerin ins Zeitlose, trotz der Falten jung.«

»Teil des Jugendwahns. Ich plädiere für ein Recht auf Rückzug und Müdigkeit, egal in welchem Alter. Nur wenige stehen dazu so wie die hochbetagte angesehene Biologin, der die Thematisierung des Alters bei jedem Interview auf den Geist geht, geradezu diskriminierend, dass bei einer Talkshow nur ihr Alter beziffert wurde und nicht das der anderen in der Runde. Ihrer Meinung nach gibt es nicht ein altes Alter sondern drei: Das Alter der Rentnerinnen, die Reisen machen zur Sonnenwen-de in ein Nordlichtland, eine Kreuzfahrt in der Kari-bik, oder sich andere lang gehegte Träume erfüllen, ein

Physikstudium beginnen, einen Universitätsabschluss nachholen, vielleicht ein Museum der unnützen Dinge eröffnen. Dann gibt es das Alter der Unzulänglichkeiten mit Arthrose, Herzkreislaufbeschwerden, Vergesslichkeiten. Und im dritten vergeht die Lust am Leben. Man ist müde. Und da befinde sie sich gerade.«

»Im Groben mag diese Einteilung stimmen, doch die Altersphasen, wohl mehr als drei und individuell unterschiedlich, gehen ineinander über, bedingen sich, sind rückläufig und gleichzeitig. Im Übrigen bist du weit entfernt von Mitte Neunzig, gehörst nach diesen Kategorien eher in die erste oder zweite.«

»Jahrgangsmäßig vielleicht, aber nicht gefühlt. Und wie gesagt, möchte ich überhaupt nicht aufs Alter angesprochen, dazu befragt werden. Sondern auf mein Denken, meine Werke. Auf den Sinn, den ich meinem Leben einmal gegeben habe. Und da habe ich nichts mehr zu erwarten.«

»Aber – du bist von Freundinnen umgeben. Sind die nichts? Ihre Liebe zu dir, ihre Anerkennung, dass sie dich auf Händen tragen? ›Meine Lebenskreise‹, hast du sie genannt.«

»Mag sein, aber das reicht mir nicht mehr. Ich kann mich auch nicht daran erinnern. In meinem Kopf bin ich leer.«

»Burnout vielleicht?«

»Burnout der Unterforderung mag sein. Nicht von außen gefordert zu werden, macht depressiv. Du fragst dich: wozu lebe ich? Ich gehöre nicht zu denen, die sich selbst genügen. Ich wäre gern über meinen Mikrokosmos hinaus gefragt und anerkannt. So wie diese Malerin.«

»Und was tust du dafür, hast dafür getan? In keiner Branche hat das Experimentelle Aussicht auf breiten Erfolg. Kein Mainstream, war deine Entscheidung. Du hast öffentlich klar und deutlich gesagt, deine Bücher bedeuten den Schreibenden mehr als den Lesenden. Nicht gerade verkaufsträchtig. Bei allem Wohlwollen, du machst es anderen nicht leicht.«

»Ich bin nicht auf der Welt, um es anderen leicht zu machen. Oder sie zu hofieren. Ich habe nur noch Kraft für mich selbst. Es ist zu spät.«

»Es ist nie zu spät. Denke an die große Tibetforscherin Alexandra David-Neel. Mit 102 Jahren hatte sie noch drei Bücher in Arbeit.

»Allein beim Gedanken an solch ein Alter könnte ich mir den Strick nehmen.«

»Dann blick darauf zurück, was du alles geschafft hast in deiner Unersättlichkeit, in deiner Lebensgier.«

»Nur Greise blicken zurück. Ein sinnentleertes Leben ist wie tot sein. Dann lieber richtig. Ich möchte nach vorne schauen. Das Sterben scheint mir eine Begegnung mit dem Leben, die mich neugierig, die mir Lust macht. Erst dann werde ich wissen, was das Leben bedeutet. Erst dann werde ich eine Ahnung von der Unsterblichkeit bekommen, von der Unendlichkeit, die mir jetzt noch unerbittlich scheint. Ehrlich gesagt, kann ich es kaum abwarten.«

»Die Unerbittlichkeit wirst du noch früh genug erleben. Für dein irdisches Gefragtsein könntest du etwas mehr mit der Zeit gehen, dorthin, wo heute gesucht und gefunden wird: im Netz. Über Facebook, iPhone, Tablet. So wie ich dich und deine Neugier kenne, wirst du sogar Spaß daran haben.«

»Du weißt, solch eine Kommunikation interessiert mich nicht, sie würde mich krank machen. Ich wüsste auch nicht wofür, warum ich mir das antun sollte. Ich kann mich nur wiederholen: Ich habe nichts mehr zu sagen, alles ist gesagt. Mein Leben hat keinen Sinn mehr.«

»Du hast doch gesagt: Der Sinn des Lebens ist der, dem wir ihm geben.«

»Vorbei. Begreife es endlich. Reisende hält man nicht auf.«

War der Dialog so verlaufen? Hat sie ihn zurechtgeträumt? Tatsächlich ist sie einen Moment eingenickt. Judit öffnet die Augen, blickt sich um, sieht in Charlotts zufriedenes Gesicht, trotz der Falten jung, streift ihren aufmunternden Blick: Kein Grund zum Traurigsein!

monologisch

Im Gegenteil. Charlotts letzte Hoffnung gilt der Organisation, der sie seit Jahren angehört. Genauer ihrer Menschlichkeit beim Schritt in die andere Welt. Die Hoffnung ist mehr als eine Hoffnung, sie ist eine Gewissheit, dass alles gut gehen wird. In diese Gewissheit hat sie ihre gesamten Ersparnisse gesteckt. Die Krankenkasse hatte ablehnend auf ihren Finanzierungsantrag geantwortet: Eine private Angelegenheit, eine zusätzliche Leistung.

Lebte sie in den USA, müsste sie sich nicht auf dieses langwierige, kostenintensive Verfahren einlassen. Einer kalifornischen Freundin hatte sie von ihrer »nervigen Immigrationsbehörde« geschrieben. Als amerikanische Staatsbürgerin könne sie relativ unkompliziert diese Grenze überqueren, informierte die Freundin sie. Seltsamerweise aber benutzten viele Menschen das dafür erworbene Mittel schließlich nicht. Sie selbst wisse auch nicht, ob sie es einnähme: »Es im Schrank zu haben, ist eine präventive Maßnahme. Es geht darum, dass ich nicht zum Leben gezwungen werde, wenn ich es nicht will.«

»Gesunde, wenn es sie denn gibt, können sich gar nicht vorstellen«, nuschelt Charlott leicht gereizt vor sich hin,

»welche Bedeutung die Krankheit im Leben einnimmt. Alles was zählte, zählt nicht mehr.«

Sich ein würdevolles Lebensende ausmalend, hatte sie den lockenden Haarfön beim Baden schon manches Mal in der Hand. Den Blick von einem Klippenpfad sehnsuchtsvoll in den Abgrund geworfen. Nur eine Handbewegung, nur ein Schritt. Es wäre so einfach! Doch es war nicht einfach. Schon gar nicht ihr Ohr wie zu Kinderzeiten auf die Gleise eines Schienenstrangs zu legen. Ihr Rücken protestierte dagegen.

Oder sie müsste sich wie in einem Gedicht Marina Zwetajewas eine steile Böschung suchen:

den Strauch an der Böschung / fest in der Hand. – Lass los, lass dich fallen. / Schwellen, so viele Lippen, von allen / müde. Ich sehe die Sterne an.

Vielleicht schlägt das Herz zwischen Angst und Mut nicht nur einmal, wie an dem Laternenpfahl plakatiert, sondern viele Male. Auf jeden Fall sollte der Ort dieses Augenblicks würdig sein.

Bei aller Liebe zur kalifornischen Sonne, bei aller Faszination für die brüllenden Seelöwen, das bunte New Yorker Leben und für den Himmel, der die Erde küsst – der Aufwand mit greencard, endlos zu überwindenden Entfernungen ohne Führerschein, sich Einleben in eine andere Kultur wäre zu beschwerlich, das ganze Unterfangen schlicht undenkbar. Ihr Zuhause ist und bleibt ihre Muttersprache.

Auch wollte sie keine Stecknadeln schlucken, wie sie es neulich im Eldorado mit anhören musste. Ein misslungener Versuch, dem Leben ein Ende zu setzen. Als erste

Hilfe wurde dem verzweifelten Menschen jede Menge Sauerkraut reingestopft.

Die andere Alternative mündete in dem Horrorszenario, irgendwann einem fürs Sterben vorgesehenen Ort ausgeliefert zu sein: in einem Krankenhaus unter der Fuchtel kleinlicher Behörden, gepaart mit heillos überfordertem Pflegepersonal und Ärzten, die es nicht ertragen, wenn Kranke ihren Apparaten einen Streich spielen, wie der Asthmageplagte, dessen Lunge so schwach arbeitete, dass die angeschlossene Maschine den Atem nicht erfassen konnte. Die Ärzte schrien den Patienten wegen mangelnder Kooperation an. In ihrer medizinischen Funktion behandeln sie die Menschen wie hergelaufene Hunde. Eine Nomadin, als die sie sich versteht, würden diese Funktionsträger bestimmt nicht von einem streunenden Hund unterscheiden. Und sie wäre wie der Asthmageplagte ein Störenfried im durchorganisierten Betrieb, angefangen mit ihrer Ablehnung des Frühstücks zu nächtlicher Zeit.

Vielleicht müsste sie in einer Pflegeeinrichtung voller Desorientierter dahinvegetieren. Egal, ob ein Backsteinbau aus wilhelminischen Zeiten oder ein Haus nach modernsten Erkenntnissen gebaut, bei der Suche nach einem Platz für ihre komatöse Großmutter hatte sie einheitlich festgestellt: Abstellkammern. Abgeschoben in ein Mehrbettzimmer zwischen weißhaarigen Köpfen, inmitten weit aufklaffender Münder, über jedem Bett ein persönliches Detail: ein Teddybär, eine Trockenblume, ein Foto aus Jugendjahren, wie schön sie war! Diesen Abgang hat keine verdient. Schon gar nicht ihre geliebte Omi.

Charlott war aus den ihr empfohlenen Einrichtungen zurück ans Krankenbett ihrer Großmutter geeilt. Zum Glück sah die ihr tränennasses Gesicht nicht. Oder doch? Sie hatte keine Ahnung von dem, was sich in dem still liegenden Körper abspielte, was es auf der Erde noch zu regeln gab, worum der eingefleischte Lebenswille kämpfte. Oder kämpfte er gar nicht? Nahm sich nur seine Zeit beim Ausatmen des Daseins.

Es war der letzte Tag ihrer Großmutter, ihre letzte Nacht, in die frühe Vögel flatterten. Wie schön sie war!

Auch die letzten Wochen ihrer Nachbarin Frieda kann Charlott nicht vergessen. Nach mehreren Stürzen, ihre Knochen wurden mit jedem Tag poröser, fand sie sich im Krankenhaus wieder, durch einen schmuddeligen Plastikvorhang von einer anderen Insassin getrennt. Ein lauter Fernseher begleitete sie durch den Tag, röchelnder, rasselnder Atem durch die Nacht. Zum ersten Mal, obwohl sie sich seit Ewigkeiten kannten, sah Charlott Frieda weinen. Ihre erwachsenen Kinder und Enkelkinder, für die sie lebenslänglich gesorgt hatte, stritten um die Kosten eines Einzelzimmers. Noch hatte Frieda alle Sinne beisammen.

Von diesen gedanklichen Überfällen – sie muss sich doch gar nicht mehr rechtfertigen! – und den Gefühlen um ihr bevorstehendes Geburtstagsabenteuer erschöpft, beendet sie ihren Monolog, seufzt erleichtert. Solche Situationen und Entscheidungen bleiben Simone und den Freundinnen erspart. Der Anflug düsterer Wolken zieht an ihrer Stirn vorüber.

Still blickt Simone auf die sich glättende Stirn. Sie kennt diesen Monolog zur Genüge. Bisweilen bricht er bruchstückhaft, in Satzfetzen hervor. Hilflos steht sie Charlotts Verzweiflungsanfällen gegenüber und ihrer verborgenen Angst, die sich in Seufzern Luft verschafft und in Sprüchen wie: »Es gibt kein professionelles Umgehen mit dem Tod«.

Schuld

»Verzeih«, sagt Charlott in einem Anflug von Schuldgefühl und ergreift Simones Hand.

Schuldig für den Monolog, schuldig für ihre schwindenden Kräfte, für ihre schlechte Laune, für ihre Depressionen, mit denen sie ihr zur Last gefallen ist, die Hilfe ihrer Freundinnen beim Einkaufen, Kochen, Putzen, Kommen und Gehen benötigte. Aber hat sie das nicht schon immer getan, selbstverständlich angenommen? Es genossen, versorgt zu werden, was sie aus ihrer Kindheit nicht kannte.

Ihre Schuldgefühle haben sich verkehrt. Erst in letzter Zeit fühlte sie sich schuldig für ihre »kranken Innereien«, früher fühlte sie sich schuldig für ihr Verhalten in der Außenwelt, Bekannten, Freundinnen, Geliebten, der Mutter gegenüber: Etwas versäumt zu haben, sie nicht genug geliebt zu haben, es nicht gezeigt zu haben, mit ihrer Anwesenheit gegeizt zu haben. Vielleicht sogar schuldig am Tod selbst, ihn verursacht zu haben.

Von ihrer Freundin Lucy, deren Metastasen schnell und aggressiv wuchsen, wurde sie zur Heilerin erklärt. Sie verlangte hundertprozentiges Dasein zum absehbaren

Ende hin. Charlott bot ihr fünfzig, die anderen fünfzig brauchte sie für einen wichtigen Übersetzungsauftrag, ihre Zukunft zu sichern, zu stabilisieren, sagte sie.

»Wichtiger als ich!?«

Nach heftigem Streit um Wichtigkeiten und Sicherheiten in ihren nur noch kurzen oder langen Leben trennten sie sich. Die Rescuetropfen für Lucy nahm Charlott selbst.

Oder Fiona. Ihr konnte sie das Leben nicht genug schmackhaft machen, bevor sie sich von einem Hochhaus stürzte.

Auch hatte sie es nicht geschafft, ihre Mutter aus ihrer Verwirrtheit, von den Wunderpillen zu befreien. Dabei verdankte sie ihr ihr eigenes Lebenselixier, die Liebe zur Literatur, die Leidenschaft für Worte, den Mut, Märchen zu erzählen. Sie besuchte ihre Mutter weniger, je mehr sie sich in ihr eigenes viel versprechendes Leben stürzte: Die Frau in deinem Leben bist du! Dieses Plakat hing lange an ihrer Wohnungstür. Es gab so viel zu entdecken, auszuprobieren. Wie langweilig dagegen das viel diskutierte Thema »Mütter und Töchter«.

Ein Tribunal sollte über die Schuldfrage entscheiden. Dafür entwarf sie ein Theaterstück über eine Mehrfachtäterin: Knappe direkte Fragen, vage widersprüchliche Antworten. Das Bühnenbild nackt. Charlotts Alter Ego verteidigt sich, so gut es kann, manchmal lügt es, schwört einen Meineid. Die Begriffe, um die es in den Fragen geht, sind zu gewaltig, zu komplex, um darauf klare Antworten zu geben. Das Gericht fordert Eindeutigkeit in Sachen Liebe, Verletzung, Freiheit, Abhängigkeit, Nähe, Distanz, Angst, Verzweiflung. Es will die Wahrheit, die ganze. Eine einzige, keine multiple. Charlotts Alter Ego kann sich nicht festlegen, zu jedem Opfer gibt es eine andere Wahrheit, eine andere Liebe, eine andere Abhängigkeit, eine andere Nähe, eine andere Missgunst, manchmal Verachtung, manchmal Hass.

Von Albträumen geplagt, floh die sich selbst gestellte Angeklagte vor dem Tribunal, irrte durch Straßen, Parks, Discotheken, entlang des Kanals, der ihre Stadt durchzog, ließ sich unter Brücken nieder, beschwor die heile Welt, bat um Verzeihung. Sie rief einen Namen nach dem anderen. Die echoten von den Wänden zurück, Charlott hielt sich die Ohren zu, sie hallten in ihr nach. Keine antwortete.

und Sühne

Antworten bekommt sie in der Musik. Zu einem anderen Zeitpunkt, dann, wenn sie keine Antworten sucht. Dann, wenn sie keine Fragen stellt. Dann, wenn sie keinen Geist ruft. Sie hat den Kopfhörer wieder aufgesetzt, die Augen geschlossen, ist dabei, sich der Arie *Lascia ch'io pianga* hinzugeben, mit Cecilia Bartolis Stimme aus dem besungenen grausamem Schicksal in die ersehnte Freiheit zu entschweben, in eine Dimension außerhalb von Schuld und Sühne.

Da taucht ihr Vater auf. Mit seinen Hundeaugen bettelt er um Verzeihung. Hilflos hatte er ihre mit einem Brotmesser herumfuchtelnde, ihre zu laut lachende Mutter in eine geschlossene Anstalt abgeschoben. Charlott wies ihm die Schuld für das restliche Dasein ihrer Mutter zu, die das Nachthemd nicht mehr vom Kleid unterscheiden konnte. Eingeschlossen in ihre eigene Welt kam sie nach Hause zurück, eine Welt, zu der Charlott keinen Zugang mehr fand. Sie war gerade neun, musste sich selbst ihre eigene und die Mutter ihrer Mutter sein, die aufhörte, sie Charlie oder Meine kleine Königin zu nennen. Sie selbst begann, ihre Mutter mit dem Vornamen anzureden. Elli, das Kürzel für Elisabeth. Keine Ausflüge mehr an ihrer Hand, keine Märchen, in denen es Wunder gab, keine Geschichten, die sie sich ausdachte, um ihrer Tochter Fragen zu beantworten. Die Welt musste sich Charlie von nun an selbst erklären, allein erdichten, selbst erfinden. Und kein zu lautes Lachen mehr aus Ellis Mund.

Dafür hatte ihr Vater zu büßen. Bis zu seinem Lebensende überwies er seiner Tochter monatlich einen Scheck aus seinem Vermögen, das er mit dem Bau von Privatbunkern während des zweiten Weltkriegs begründet hatte. In seinem Testament setzte er ihren Bruder als Alleinerben ein, sie erhielt den Pflichtteil. Als Strafe, weil sie ihm lebenslänglich gegeben hatte, als Strafe, dass sie ihn für seine Hilflosigkeit verachtete.

Sie glaubte, mit dem Schuldspruch und mit der konsequenten Gestaltung ihres eigenen Lebens den Kreislauf von Schuld und Sühne durchbrochen, sich daraus befreit zu haben, bemerkte aber neuerdings ein erst zaghaftes, dann recht aufdringliches Rumoren in ihren kranken und gesunden Innereien.

Hatte sie Elli zu früh aufgegeben? Plötzlich war sie wieder das kleine Mädchen, das sich auf dem Schoß ihrer Mutter ausmalte, wie es wohl aussah, wenn der Himmel die Erde küsste, die Zeile eines Liedes, das ihre Mutter oft anstimmte. Sie war wieder Charlie, die versunken ins Malen am Küchentisch all ihre Buntstifte ausprobierte, neben ihrer in ein Buch vertieften Mutter.

Kam ihr Vater nach Hause, musste das Abendbrot auf den Tisch. Mitten in ihrem Bild räumte Charlie die Buntstifte zusammen, holte Tassen, Teller und Besteck.

Ihre Mutter bereitete noch mitten im Romangeschehen die Aufschnittplatte und eine Kanne Tee zu, schnitt das Brot. Manchmal hielt sie beim Schneiden inne, das Messer fest in der Hand, irgendetwas ging durch ihren Kopf. Vielleicht spann sie an einem Lebenstraum, der nichts mit Brotaufschneiden und Teekochen zu tun hatte, wie konnte sie ihn nur verwirklichen? Vielleicht verwechselte sie das Romangeschehen mit ihrer eigenen Geschichte, wusste nicht mehr, wohin sie gehörte. War sie die Heldin, die auf die Barrikaden ging? Könnte sie eine Heldin werden und wie?

Charlie, die zu früh Charlott wurde, lernte ein neues Gefühl zu Elli kennen. Abneigung. Scham. Sie wünschte sich eine Mutter, die sich um sie kümmerte, iss noch was, setz deine Mütze auf, mach deine Schularbeiten, die sie versorgte, verwöhnte, die wie andere Mütter ihren Kindern den Ranzen vollstopfte mit Pausenbroten, rotwangigen Äpfeln, Schokoküssen. Selten jedoch begegnete sie Kindern, denen die Mutter eine Freundin, eine Vertraute, eine Zaubernde war, so wie es ihr Elli einmal gewesen war. Dann schämte sie sich für ihre Abneigung, nahm Elli in den Arm, sagte ihr, dass sie sie ganz doll lieb habe und füllte den Kühlschrank mit ihrer Lieblingsschokolade auf oder mit italienischer Salami oder Spreewaldgurken oder … Egal, was gerade auf Ellis Speiseplan stand, welcher Vorliebe sie gerade nachging, immer musste der Kühlschrank voll davon sein, nur davon.

Seit jener Zeit suchte Charlott in jeder Freundin und Vertrauten ihre Mutter. Bedingungslose Mutterliebe schwebte ihr vor in einer Zeit, als freie polyamouröse Liebe groß geschrieben wurde. Mit der Heimlichkeit und Unerfüllbarkeit ihres Wunsches blieb sie Charlie oder die Kleine Königin.

Und jetzt, zum Flug in die Freiheit abhebend, belästigt ihr Vater sie, steht mit seinen triefenden Augen da und will freigesprochen werden. Das hieße, ihn verstehen, ihm verzeihen. Das kann sie nicht, will sie nicht, ihrer Mutter zuliebe, Elli zuliebe, Charlie zuliebe, der Kleinen Königin zuliebe, ihr selbst Charlott zuliebe, den Wundern zuliebe. Nicht in diesem Leben.
»Vielleicht im Nächsten!«, versprach sie Simone zuzwinkernd, die ihr zur Versöhnung geraten hatte, und lachte. *Schuld im Schnee, wie schaurig schön.* Hatte sie zu laut gelacht?

Seit ihrem neunten Lebensjahr, seit ihre Mutter das Nachthemd nicht mehr vom Kleid unterscheiden konnte, schwelte in ihr eine diffuse Angst, wenn sie die Kontrolle verlor. Sie wusste, wozu sie in ihrer Rage fähig ist, wusste, was es heißt, neben sich zu stehen, mit aller Körperkraft und Wortgewalt auf ein Gegenüber loszugehen.
An den Wurf mit einem harten Gegenstand haarscharf am Kopf der Geliebten vorbeigezielt, konnte sie sich anschließend nicht erinnern, merkte nur, dass alles Blut aus ihrem Gesicht gewichen war, sie neben sich gestanden hatte. Außer sich. Am ganzen Körper bebend, spürte sie ihre eiskalten Hände und sah in vor Schreck geweitete Augen. Was ist?, fragte sie und schwor sich, es nie mehr so weit kommen zu lassen. Sie hatte zu viel

geschluckt, sich zu tief geduckt, anstatt sich rechtzeitig zu behaupten, bevor aus dem sich anhäufenden Unbehagen Jähzorn wurde. Aber steckt Rage nicht in der Courage? Courage zum Handeln. Haarscharf vorbei. Zum Gruseln.

Sie spürt, wie Gänsehaut ihren ganzen Körper überzieht, sichtbar an den Handgelenken, die sie vor dem Abflug mit ihrem Lieblingsparfum besprüht hat. Poème, der Duft vom zu kurzen, vom verblassten Sommer will plötzlich wieder Konturen annehmen, wird aber verscheucht durch ihre Handbewegung zur Sonnenbrille hin, die sie absetzt. Rapsfelder im unkoordinierten Würfelspiel leuchten ihr aus zehntausend Metern Entfernung entgegen, durchbrochen vom Geglitzer winziger Eiskristalle am Außenfenster. Minus 60 Grad zeigt das Video an.

Die Augenlider geschlossen, versucht sie erneut, eine gebietsfreie Zone zu erreichen. *Die Luft ging durch die Felder / die Ähren wogten sacht / es rauschten leis die Wälder.*

Ob der Schwarzwald, den sie beinahe überfliegen, mit seinen gradstämmigen Tannen leise rauscht, wenn er in seiner finsteren Dichte überhaupt rauschen kann?
Sie schmunzelt. Ihre kalifornische Freundin rief sie nach gemeinsam verbrachten Urlaubstagen an der Nordsee an, empört und enttäuscht, dass der Black Forest weder schwarz noch verkohlt war, der lange Umweg, den sie seinetwegen vor ihrem Rückflug gemacht hatte, umsonst. Charlott lachte in den Telefonhörer. Transatlantische Funken in einen düsteren Tag.

Seeblick-Suite

Funken in den Augen dreht sie sich um zu Kim, bittet um den Persephone-Prospekt. So haben sie ihr Seeblick-Hotel-Apartment benannt.

Bestochen bei der Wahl dieser Bleibe, eine echte Suite, haben sie die vom Balkon in den Raum blühenden rosaroten Hibiskusblüten und der See voller Sonnensternchen. Auf dem Grundriss hat sie sofort das Bett von der Wand gerückt, mit Blick auf Hibiskus und glitzerndes Wasser. Sie muss, ja muss, vom Bett aus nach draußen sehen können, sei es in einen Blätterwald, in eine luftige Zeder, auf ziegelbedeckte Dächer, einen rauchenden Schornstein, ins Morgenrot oder ins Wasser. Nur keine Hauswand, keine Mauer. Nur keine Verdunklung. Ein nicht zu lösender Konflikt mit Geliebten, die es dunkel brauchten zum Aufwachen, verständnislos, dass Charlott nicht im Dunkeln schlafen kann.
»Deine Augenlider sind auch ein Vorhang.«
»Aber nicht beim Aufwachen! Jalousien nur über meine Leiche.«
Wer wollte schon über Charlotts Leiche gehen?
Über ihre fast schwarzen Brillengläser schwiegen sie hinweg.

Simone hat sich in der Seeblick-Suite für den kleinsten Raum entschieden, sie liebt es höhlenartig, eine verdunkelnde Fensterfolie samt Klebestreifen und eine Schlafbrille sind fester Bestandteil ihres Reisegepäcks.

Auch Judit und Kim haben ihren eigenen Raum, den sie ihren Gewohnheiten entsprechend gestalten können. Ihnen ist das Ambiente ziemlich egal, Hauptsache eine gute Matratze für Kim, Hauptsache Ruhe für Judit. Sie hat mit Ohropax vorgesorgt gegen Straßenlärm und Motorengeräusche, gegen Discosound und krähende Hähne.

Charlott freut sich auf den rosarot blühenden Balkon, das hüpfende Wassergeglitzer, auf eine Mary Long, Zigaretten, die sie früher stangenweise aus der Schweiz geschmuggelt hatte. Sie wird die Füße hochlegen, den Elfenbeinstock an ihrer Seite, sich von der warmen Luft schaukeln lassen, auf dem Wasserbett, Queensize, ihr eigenes Geburtstagsgeschenk.

Geschenke

Gern beschenkt sie sich selbst. Nur wenige haben ein Gespür für das, was ihr tatsächlich Freude macht, was sie tatsächlich braucht, schenken das, was sie selbst am liebsten mögen oder weil zur Einladung ein Geschenk gehört.

Wie sehen sie mich? Kennen sie mich überhaupt, meine Vorlieben und Abneigungen?, fragt sich Charlott, wenn ihr selbstgedrehte Honigkerzen, Zimtseifen, Apfelkörperlotion überreicht werden. Oder fruchtige Gute-Laune-Tees: Hagebutten als Juckpulver, das Kreischen aus Kindertagen klingt noch in ihren Ohren. Beim Gedanken an die Thermoskannen auf Jugendherbergs- und Pflegeheim-Abendbrottischen verzieht sie das Gesicht. Deshalb gefällt ihr die asiatische Sitte, Geschenke nicht im Beisein der Gäste auszupacken.

So besteht für die Beschenkten keine Gefahr, ihr Gesicht zu verlieren. Oft hält der Inhalt nicht, was die fantasievolle Verpackung verspricht, schließlich steht die im Vordergrund. An ihrem vergangenen Geburtstag hat Charlott dieser Sitte folgend die beeindruckenden, die aufwendigen Kompositionen aus handgeschöpften Papieren, bunten Bändern, Schleifen, Aufklebern und

Karten erst auseinandergenommen, nachdem alle Gäste gegangen waren. Ein Kunstwerk nach dem anderen zerstört. Bei kleiner Nachtmusik ließ sie die Geschenke und ihre jeweilige Beziehung zu den Gebenden auf sich wirken. Sie hätte es im Stimmengewirr unter lauernden Augen: war es das Richtige? freute sie sich?, nicht gekonnt. Ungestört kommentierte sie die vielfältigen Überraschungen. Der Himmel färbte sich malven, da hatte sie alle Geschenke wieder kunstvoll eingepackt. Ein Tisch voller Freude. Einige Päckchen würden sicher beim vorweihnachtlichen Wichteln begehrt sein.

Mit einem unverpackten Geschenk überraschte Kim, die sie gerade erst kennengelernt hatte.
»Sehen Sie mir zu, wie ich verschwinde«, mit diesen Worten überreichte sie ihr eine Theaterkarte. Niemand habe depressive Zustände und Verzweiflung so auf den Punkt gebracht wie Sarah Kane. Nicht zum Aushalten. Schnürsenkel waren ihre einzig mögliche Konsequenz.
Auf kahler Bühne rezitierte die Schauspielerin in Bluejeans und weißem T-Shirt zwei Stunden lang den Text. Bewegungslos bis auf das Auf und Ab ihrer Augenlider, bis auf den kleinen Finger, den sie gelegentlich hob und senkte. Das Wort mal laut, mal flüsternd, vor allem monoton, belebte den Raum, das Publikum. Der Schauplatz war nicht die Bühne, er lag im sprechenden Ich, nüchtern, ohne Emotionen: Ein Schauplatz hat keine Emotionen. »Der Verstand erfasst scharf die Situation, erkennt, dass die sich nicht verändern wird.« Hoffnungslosigkeit zum Verzweifeln. Diese unerträgliche Klarheit nimmt frühmorgens um 4.48 Uhr Besitz von der Künstlerin, als die sie sich in erster Linie versteht:

»Die Wörter kommen und gehen in einer Spirale, die sich immer mehr dem Wesenskern nähert, der Wahrheit des Menschen und der Kunst.«

Charlott kennt nur zu gut die Zeit der unerbittlichen Klarheit zwischen Traum und Aufwachen, im Tibetischen die Dakini-Zeit. Sie liebt diesen Moment des Daseins, da kommt sie ihrem Innersten am nächsten, dem, was in ihr ruht und rumort, dem, was sie ihren wahrhaftigen Kern nennt. Eine schummrige Ahnung vom Tod? Vom Übergang in die andere Welt?

Sie hat versucht, diese Momente festzuhalten, zumindest hinauszuzögern, doch kaum angeflogen, verflüchtigen sie sich, sind fort, sobald sie die Augen aufschlägt. Atmosphärisch wirken sie manchmal in ihren Innereien nach. Sie könnte süchtig werden nach diesen Seinssplittern, doch sie tauchen zu selten auf, sind nicht vorhersehbar oder bestimmbar, auch nicht auf innigsten Wunsch.

Auf früheren Reisen hat sie sich mit dem Tibetischen Totenbuch beschäftigt, versucht, mit Pilzen den sieben Phasen des Sterbens nahezukommen. Nur einmal gelang es ihr – meinte sie. Dafür dankte sie Tibets weisen Frauen. Und dankt ihnen heute noch. Besonders heute. Für ihre Unsterblichkeit.

Testament

Im Grunde genommen ist das ihr innigster Wunsch: unsterblich sein. Universell im Hier und Jetzt. Doch ihr Körper spielt nicht mit. Diese Unzulänglichkeit ist – zugegeben – wohl der tiefste Grund ihrer depressiven Anfälle.

»Dein Testament!« erinnert Simone.

Jedes Mal, bevor Charlott auf Reisen ging, überarbeitete sie es.

Wer weiß, was auf der Autobahn, mit dem Flugzeug oder dem Herzen passieren kann? Ihren Angehörigen soll es nicht so ergehen wie Carolin, die mit ihrer Lebensgefährtin Anne zu deren Mutter unterwegs war, um das Testament zu klären. Kurz vor dem Ziel ein Auffahrunfall, der für Anne mit gebrochenem Genick endete. Carolin körperlich unversehrt, der Sachschaden geringfügig, Annes Mutter und der kaum gekannte Vater erbten jeweils die Hälfte ihres Vermögens und ihre Eigentumswohnung, die sie miteinander geteilt hatten. Carolin konnte gerade noch ein paar persönliche Dinge retten.

Das Testament war immer wieder eine Herausforderung für Charlott. Stimmte es noch, wem sie ihre Bücher, ihren Schmuck, ihre Stöcke, die literarischen Rechte vererben würde? Hatten sich die Beziehungen zu den sie Beerbenden verändert? Waren aus Liebe Hass, aus Widerwillen Wohlwollen geworden, aus Zuneigung Rachegelüste entstanden? Es überraschte sie jedes Mal, was zwischen den Reisen geschehen war, an Erfreulichem, an Erstaunlichem, an Verletzungen. An Unvorgesehenem. Es machte ihr regelrecht Spaß, diesen Veränderungen Rechnung zu tragen: zu belohnen, zu bestrafen. Einmal Richterin über andere zu sein. Und nicht selbst vor einem Tribunal zu stehen. Bisher gab es noch kein Überarbeiten des Testaments ohne Änderungen.

Vor dieser Reise hat sie drei maßgebliche Änderungen vorgenommen, einige Details will sie aber noch ausformulieren, unbedingt. Sie gehören mit zu ihrem kommenden Geburtstagsritual.

Geändert hat sie die Vererbung ihrer literarischen Rechte, Patricia neu eingesetzt, mit der sie einst die literarische Zeitschrift herausgegeben hatte. Sie waren ein gutes Team, würde man heute sagen, waren sich vertraut, hatten dieselben Ideen und Idole, ihre langen Briefe zeugen von tiefer Verbundenheit. Sie lachten viel. Bis zum Exzess liebten sie die Worte. Fanden allerdings keine Worte für das, was sie vor einem Vierteljahrhundert entzweite. Keinen benennbaren Grund. Das ganze Spektrum menschlichen Seelenlebens schien in der Nichtbenennbarkeit verdichtet. Wortlos gingen sie das Vierteljahrhundert aneinander vorbei. Bis sie sich kürzlich auf einer Party wieder begegneten. Abschätzende Blicke. Schließlich fand Charlott die ersten Worte:

»Wollen wir nicht das Kriegsbeil begraben?«

Patricia atmete auf, etwas skeptisch, und fragte:

»Was liest du gerade?«

»Das hat mich seit mehr als zwanzig Jahren niemand gefragt.«

Wortreich ging es den restlichen Abend zwischen ihnen zu, sie feierten ihre auferstandene Verbundenheit, ihre gemeinsame Leidenschaft. Unsterblich, murmelte Charlott zum Abschied. Das laut zu sagen, wagte sie nicht, so zerbrechlich schien ihr dieses unverhoffte, dieses froh stimmende Ereignis, so fest gebucht war ihre Reise. Noch in derselben Nacht setzte sie »ihre« Patricia als hauptverantwortliche literarische Nachlassverwalterin ein.

Ihr Computer tauchte bislang nicht im Testament auf. Das holte sie jetzt nach. Sie wusste, mit diesem Vermächtnis würde sie manch eine verärgern. Besonders ihre Langzeitfreundinnen, die meinten, sie hätten ein besonderes Recht auf sie, der langen Zeit wegen, des ausgefeilten Esprits wegen, derselben Schuhgröße wegen. Kim hatte von all dem nichts. Aber sie sollte über ihren Computer verfügen, der besonders dieses letzte Jahr in aller Ausführlichkeit dokumentiert. Notizen, persönliche Briefe, philosophische Abhandlungen zur Endlichkeit des Lebens, Abrechnungen, Gemeinheiten, Essays zur Sterblichkeit, den Poesie-Ordner, die zusammengetragenen Gedichte »aus eigenem Willen«.

Ihr steht der Computer einfach zu. Ein Dank für ihre bedingungslose Begleitung durch dieses Jahr. Die Belohnung für diese Bedingungslosigkeit, für ihr Zureden. Dank an sie, Geschenk des Himmels.

Was Abrechnungen betrifft, hat Charlott für einen echten Coup gesorgt. Schade nur, dass sie kein Mäuschen sein kann, es sei denn, sie würde umgehend als solches wiedergeboren, aber die Seelenwanderung ist ihr zweifelhaft. Sie wird sich überraschen lassen. Noch knabbert sie daran, dass Josefine heute nicht dabei ist, dass sie nicht verstehen wollte, was sie, Charlott, brauchte und wollte. Eine alles überdauernde Freundschaft stellt sie sich anders vor. Die kann sie nicht erzwingen, aber daran erinnern. Also hat sie Josefine, die heute im niederländischen Flachland lebt, als Adressatin ihrer Asche eingesetzt. Mit dem Hinweis, sie nahe ihres einstigen Landhauses, ihrem irdischen Paradies, im Kreise ihrer Freundinnen in alle Winde zu streuen.

Simone wird ihre Hälfte der Wohnung bekommen, die sie gemeinsam gekauft haben. Das ist unverändert geblieben. Ärgerlich nur die Erbschaftssteuer für ihren Teil. Charlott konnte aber ihr Unbehagen einer Heirat gegenüber nicht überwinden, auch wenn sie nur formell wäre und finanzielle Vorteile mit sich brächte, der Grund, warum sich nach lang erkämpfter und bekämpfter Einführung der Homo-Ehe so viele zum Standesamt begeben. Zumindest sagen die Paare, das sei der eigentliche Grund, und laden ein zum großen Fest mit Polterabend, Hochzeitstorte, Gabentisch, Brautstrauß und beide ganz in Weiß auf dem Absprung nach Venedig. Charlott sieht nur Abhängigkeit und Gefangensein in diesem Weiß, in arabischen Kulturen die Trauerfarbe. Vielleicht sollte sie noch die Kleiderfarbe für die Trauernden bestimmen, wenn sie ihre Asche in alle Winde streuen werden. Flatterndes tanzendes Weiß.

Gereimtes entsteht in hrem Kopf, diesmal zieht sie die Pergamenttüte aus Simones vorderer Rückenlehne, kritzelt: *Testament sorgfältig durchdacht / mein Gehirn sich freut und lacht / Korrekturen auf die Schnelle / nahend eine Welle / die mich schaukelt in ewige Nacht.*

Landung

Am liebsten würde sie sich jetzt nur noch schaukeln lassen. Schaukeln, ohne sich zu bewegen, in ein purpurnes
Irgendwo, in ein Märchen, allein, sich durch nichts und
niemanden ablenken lassen auf ihrem Weg in die andere
Welt – wenn sie denn existierte. Wem würde sie dort
als Erstes begegnen? Ihrer Mutter, Elli, Lucy, Fiona?
Und wie? Hoffentlich nicht ihrem Vater, dann bliebe
sie lieber hier. Bis dahin nichts mehr sehen, nicht reden,
nicht zuhören, nichts hören. Sie hört die Ansage: Wir
beginnen unseren Anflug auf … Bitte beachten Sie die
Anschnallzeichen. Please fasten your seatbelts.

Nur nicht verkrampfen, ganz im Körper sein, hatte sie
einst bei den Vorsichtsmaßnahmen für eine mögliche
Bruchlandung gelernt. Ob Start und Landungsmanöver
immer noch die heikelsten Momente eines Fluges sind?
Ihr wird übel. Sie lockert den eng geschnallten Gurt, verfolgt den beginnenden Landeanflug auf dem Bildschirm,
Bonbons werden gereicht, sie ergreift Simones Hand: »Das
glückliche Huhn spielt mir einen Streich«, verschränkt die
einmaligen Finger mit ihren, umklammert sie.
Sie hört Kim mit dem Stadtplan rascheln, ihn zusam-
menfalten, Judit hat Töne angestimmt zu den Per-

gamentzeilen, die auf Josefines Platz liegen, die Tüte, die sie jetzt brauchen könnte.

Josefines wütend ausgerufene »Lebensverschwendung!« hallt in ihr nach. Macht sich so der Lebenswille bemerkbar, dem sie am Sterbebett ihrer geliebten Omi begegnet war? Bäumt sich gegen sein baldiges Ende auf? Seine Einmaligkeit oft beschworen, durchzuckt sie jetzt eine beängstigende Unruhe: Was wird mit mir geschehen? Gibt es das ewige Leben überhaupt, auf das sie spekuliert?

Angst vor der absoluten Ungewissheit bahnt sich durch ihre kranken und gesunden Innereien, packt ihren ganzen Körper.

Geschickt hatte sie dieses Ungeheuer immer überlistet, wenn es aufzutauchen drohte, war ihm geschwind ausgewichen, wenn es erschien. Unmissverständlich setzte sie ihm ein Heer von Worten entgegen. Dehnte mit den Worten die Augenblicke in unbestimmte Längen, eine alte Tante als Vorbild, die der Kürze ihrer noch verbleibenden Lebenszeit vehement entgegentrat: Dann lebe ich eben in die Breite! Durch Abwechselung.

Charlott schrieb und schrieb, so unsinnig es sein mochte. Sie beschrieb das, was sie vom Eldorado Fenstertisch auf der Straße liegen, stehen, sich bewegen sah, alltägliche Details, die vollständige Sätze, ganze Geschichten, nach sich zogen: ein angekettetes Fahrrad ohne Sattel, ein Hund im gestreiften Anzug und gepunkteten Schühchen, oder wie die im Stadtviertel als rolling dyke bekannte Rollstuhlfahrerin es in ihrem knallroten Elektro-Gefährt mit einer Harley aufnahm. Einmal fand Kim die passenden Worte, als sie ihr in die Augen blickend den Espresso macchiato servierte: »Wirf deine Angst in die Luft, ich fange sie auf.«

Ihr Körper beruhigt sich, sie steckt die Tüte, die ihr Kim über die Schulter gereicht hat, unbenutzt ins Netz. Erleichtert, dass sie noch lebt. Erleichtert, dass sie das Heer von Worten bald hinter sich lassen kann, summt sie: *Und meine Seele spannte / weit ihre Flügel aus / flog durch die stillen Lande / als flöge sie nach Haus.*

Geburtstag

Bilder aus Zürich, an die sich die Freundinnen wohl ihr Leben lang erinnern werden, jede auf ihre Art, jede für sich, denn, sagt Simone: »Trauer ist nicht mit-teilbar.« Ob sie jemals den Namen »Zürich« hören oder die Stadt betreten können, ohne an diesen Tag zu denken?
Eine von ihnen sieht die Bootsfahrt vor sich, Möwen, die ihnen folgen, glitzernde Wassersterne. Die Andere die Verhandlung mit der Verlegerin oder die Vorbereitungen fürs Fernsehinterview. Mag sein Charlotts endgültige Unterschrift in der medizinischen Abteilung und die Ärztin, die nach nochmaliger Prüfung den Cocktail verschreibt: »Die Schmerzen kann niemand beurteilen. Die Lebensqualität zählt.«

Das Festessen serviert an einem Ufertisch des Seeblickhotels im Abendlicht, vereinzelte Worte, die Wellen plätschern belanglos vor sich hin. Das appetitanregende Menü spärlich angerührt, stoßen die Freundinnen um Mitternacht auf Charlotts Geburtstag an, »Herzlichen Glückwunsch« sagt nur Kim.

Heiter erscheint Charlott zum Morgenkaffee, Simone blickt stumm in ihre Teetasse, Judit auf die rosaroten

Hibiskusblüten. Kim bestellt das Taxi zum Abschiedsapartment der Organisation. Die offizielle Freitodbegleiterin empfängt sie zugewandt.

Sie fragt Charlott ein letztes Mal, ob sie tatsächlich den Cocktail trinken will. Ja. Ein allerletztes Mal, ob sie tatsächlich bereit ist. Ja. Noch könne sie ihre Entscheidung umwerfen. Nein. Noch lebt sie.

Die Freundinnen wissen nicht so recht, was es bedeutet, wenn das »noch« vorbei ist, wie es sich anfühlt. Ob Charlott die Konsequenz ihres Schrittes überhaupt klar ist, dass er definitiv, endgültig, nicht wieder rückgängig zu machen ist?, kommt es Judit in den Sinn.

Der Raum mit einem Strauß Grand-Prix-Rosen geschmückt, für ein Lebenswerk, von Simone. Cecilia Bartoli singt.

Charlott elegant gekleidet, gut frisiert und geschminkt, halb zugedeckt im Bett. Das Cocktailglas in Reichweite.

Bevor sie zum Glas greift, bedankt sie sich bei ihren Freundinnen, die sie auf dieser Reise zum letzten Atemzug begleitet haben. Sie verabschiedet sich mit Gertrude Stein: »Wozu sind Wurzeln gut, wenn man sie nicht mitnehmen kann?«

Weniger philosophisch ihr Kommentar zum Cocktail: »Widerlich, einfach widerlich, ein Stück Schokolade bitte«. Ein Wermutstropfen in ihren letzten Minuten.

Ihre Augen fallen zu.

Zu diesem Geburtstag hat sie sich selbst beglückwünscht, Worte auf durchscheinendem Japanpapier hinterlassen: »So schön sterben Sterne.«

Epilog

»Sehen Sie mir zu, wie ich verschwinde.« In dieser Abschiedssequenz ihres Lebens war Charlott Regisseurin und Schauspielerin, die sie so gern auf der Daseinsbühne war. Konsequent hat sie ihr Ableben inszeniert. Für Überraschungen gesorgt. Als Mäuschen hätte sie sich unbändig gefreut. Sie war in aller Munde.

Der Fernsehfilm über ihren letzten Tag erregte Aufsehen. In regionalen und überregionalen Tageszeitungen erschien die von ihr verfasste Todesanzeige *neugeboren*.

Ihre Asche wurde wunschgemäß nahe ihres irdischen Paradieses in alle Winde gestreut, in einer Wolke aus flatterndem tanzendem Weiß.

Den Schock des Postpakets kaum überwunden, hatte Josefine es an Simone weitergeleitet, vorher aber eine Handvoll Asche oder zwei in eine Tupperdose gefüllt. »Ein Testament zu schreiben, ist eine Sache, es zu befolgen eine andere«, flüsterte sie der Tupperdose zu und buchte eine Reise in die chilenische Atacama-Wüste zur höchst gelegenen Sternwarte der Welt.

In verschiedenen Städten fanden Gedenkfeiern statt, posthum wurde Charlott für ihr Gesamtwerk beim kommenden Literaturfestival geehrt, eine Tagung im Kulturhaus ihrer Stadt zu ihrem 72. Geburtstag organisiert.

Simone zerriss nach langem Zögern Charlotts Rück-
flugticket, das sie heimlich gekauft und mit sich getra-
gen hatte. Tieftraurig, still erledigte sie mit Judits und
Patricias Hilfe die anfallenden Formalitäten und Behör-
dengänge, verteilte peu à peu Charlotts Kleidung, manche Schmuckstücke, Reiseandenken, die Stöcke, bevor
sie, von Freundinnen unterstützt, eine neue Wohnung
bezog. Den Stock aus Elfenbein behielt sie.

Judit begann, sich dem Sonaten-Album *in Memoriam
Charlott* zu widmen.

Patricia nahm sich die unveröffentlichten Manuskripte
mit der Frage vor: Wer könnte an diesen Texten interessiert sein?

Die Schweizer Verlegerin gab Charlotts Roman als
Hardcover mit dem unschlüssigen Schluss heraus.

Der vorhersehbare Streit um den Computer endete bei
eBay, nachdem Kim die Dateien kopiert, weitergegeben
oder gelöscht hatte.

Zufall, Versehen oder Absicht, dass die Datei »Aben-
teuerreise« noch existierte? Wie dem auch sei, ich habe
Charlotts Einladung zur Cocktailstunde im Netz posthum angenommen, danach die Datei endgültig gelöscht.
Sofern mir ein Eingriff ins Galaktische möglich ist.

Traude Bührmann. Foto: Suzette Robichon

Traude Bührmann ist Schriftstellerin, Fotografin, Reisende. Nach ihrer ersten Erzählung »Flüge über Moabiter Mauern« (1987) folgten zahlreiche weitere literarische Veröffentlichungen (www.literaturport.de), zuletzt der Kurzroman »durchatmen« (2011).

Für Anregungen, motivierende Worte, kritische
Bemerkungen, Nachfragen und offene Ohren zu
Text und Thema danke ich Barbara Meerkötter,
Ursula Häusler, Verena Stefan, Barbara Waldow,
Ulrike Domahs, Babett Taenzer und meiner
Verlegerin Claudia Gehrke für die Buchausgabe.

Zwischen Idee und Worten wiederholt geschwankt
fürs EntZweifeln in dieser Zeit sei gedankt
Suzette Robichon
von Version zu Version
sie mit Präsenz mich hat ermunternd umrankt

Impressum

© konkursbuch Verlag Claudia Gehrke Herbst 2014
PF 1621, D – 72006 Tübingen
Telefon: 0049 (0) 7071 66551 / +78779
office@konkursbuch.com
www.konkursbuch.com

Gestaltung: Verlag & Freundinnen
Covermotiv: Traude Bührmann

ISBN: 978-3-88769-652-8